LA ROUTE
DE LOS ANGELES

Du même auteur
chez le même éditeur

Bandini
Demande à la poussière
Rêves de Bunker Hill
Le Vin de la jeunesse

JOHN FANTE

LA ROUTE DE LOS ANGELES

Traduit de l'américain
par BRICE MATTHIEUSSENT

CHRISTIAN BOURGOIS ÉDITEUR

Titre original :
The Road to Los Angeles

ISBN 2-267-00494-1

Note de l'éditeur américain

En 1933 John Fante habitait un grenier de Long Beach et travaillait sur son premier roman, *la Route de Los Angeles.* « J'ai sept mois et 450 dollars devant moi pour écrire mon roman. Je trouve ça plutôt chouette », écrivait-il à Carey McWilliams dans une lettre datée du 23 février 1933. Fante avait signé un contrat avec l'éditeur Knopf et reçu une avance. Il n'acheva pourtant pas son roman en sept mois. Au cours de l'année 1936, il retravailla les cent premières pages, raccourcit notablement le livre et le termina. Dans une lettre non datée (vers 1936) à McWilliams, Fante écrit : « J'ai fini *la Route de Los Angeles* et, mon vieux, je suis ravi ! J'espère mettre le manuscrit à la poste vendredi. Certains passages vont hérisser le poil du plus teigneux des loups. Tout cela est peut-être trop corsé, c'est-à-dire manquant de " bon " goût. Mais ça ne me gêne pas. » Le roman ne fut jamais publié, probablement parce que au milieu des années 30 on jugea son contenu trop provocant.

Ce roman nous présente l'alter ego de

Fante, Arturo Bandini, qui apparaît de nouveau dans *Bandini* (1938), *Demande à la poussière* (1939) et *Rêves de Bunker Hill* (1982). Après la mort de John Fante, en mai 1983, sa veuve Joyce découvrit le manuscrit parmi les papiers de l'écrivain ; on peut inclure *la Route de Los Angeles* dans la brève liste prestigieuse des grands premiers romans d'écrivains américains.

J. C.

Un

J'ai dû faire de nombreux boulots dans le port de Los Angeles parce que ma famille était pauvre et que mon père était mort. Peu après la fin du lycée, j'ai commencé comme terrassier. Le soir j'avais tellement mal au dos que je ne parvenais pas à dormir. Nous creusions un trou dans un terrain vague, il n'y avait pas d'ombre, le soleil tapait droit sur nous d'un ciel sans nuages, et j'étais au fond du trou à creuser avec deux malabars qui adoraient ça ; ils riaient et plaisantaient sans arrêt, ils riaient et fumaient du tabac fort.

Quand j'ai démarré sur les chapeaux de roue, ils ont rigolé et dit qu'avec le temps j'apprendrais une ou deux choses. Au bout d'un moment, la pioche et la pelle se sont mises à peser dans ma main. J'ai léché les ampoules crevées de mes doigts en maudissant ces hommes. Un midi où j'étais épuisé, je me suis assis et j'ai regardé mes mains. Pourquoi ne plaques-tu pas ce boulot avant qu'il ne te tue ? j'ai pensé.

Alors je me suis levé et j'ai fiché ma pelle dans la terre.

« Les gars », j'ai dit, « j'en ai marre. J'ai décidé d'accepter un emploi dans les bureaux du Port. »

Ensuite j'ai été plongeur. Chaque jour je regardais par un trou de la fenêtre, j'apercevais d'immuables tas d'ordures survolés par des mouches vrombissantes, je ressemblais à une ménagère au-dessus de sa pile d'assiettes sales, mes mains se révoltaient quand je les voyais barboter dans l'eau bleuâtre comme des poissons morts. Le gros cuistot était le patron. Il carambolait les casseroles et me faisait trimer. Je me sentais heureux quand une mouche se posait sur sa grosse joue et refusait de s'envoler. J'ai gardé ce boulot quatre semaines. Arturo, je songeais, ton avenir est très limité dans cette branche ; pourquoi ne rends-tu pas ton tablier ce soir ? Pourquoi ne dis-tu pas à ce cuistot d'aller se faire foutre ?

Je n'ai pas pu attendre le soir. Au milieu de cet après-midi d'août, tandis qu'une montagne de vaisselle sale se dressait devant moi, j'ai retiré mon tablier. Je souriais.

« Kesk' est drôle ? » a fait le cuistot.

« J'en ai marre. C'est terminé. Voilà pourquoi je rigole. »

Je suis sorti par la porte de derrière en faisant tinter la cloche. Il restait planté là à se gratter la tête au milieu des ordures et des assiettes sales. Quand j'ai pensé à toute cette vaisselle, j'ai rigolé tellement je trouvais ça marrant.

Je suis devenu débardeur sur un camion. Nous transportions des caisses de papier hygiénique entre l'entrepôt et les épiceries des ports de San Pedro et Wilmington. Des caisses énormes, soixante sur soixante, et qui pesaient vingt-cinq kilos pièce. Le soir au lit, je pensais à elles en me retournant.

Mon patron conduisait le camion. Ses bras étaient tatoués. Il portait des polos jaunes moulants. Ses muscles saillaient. Il les caressait comme une fille lisse ses cheveux. J'avais envie de lui dire des trucs qui le feraient grincer des dents. Les caisses grimpaient jusqu'au plafond de l'entrepôt, à quinze mètres du sol. Le patron a croisé les bras et m'a dit de charger les caisses dans le camion. Il les empilait. Arturo, j'ai pensé, faut que tu prennes une décision ; il a l'air costaud, mais t'as rien à perdre.

Ce jour-là, je suis tombé et une caisse m'a frappé à l'estomac. Le patron a grogné en secouant la tête. Il m'a fait penser à un footballeur universitaire ; allongé à terre, je me suis demandé pourquoi il ne portait pas un monogramme sur le torse. Je me suis relevé en souriant. A midi, j'ai mangé lentement mon repas, j'avais encore mal à l'endroit où la caisse m'avait frappé. Je me suis allongé au frais sous la remorque. L'heure du déjeuner est passée vite. Quand le patron est sorti de l'entrepôt, il a vu mes dents plantées dans un sandwich, et la pêche qui constituait mon dessert intacte à côté de moi.

« Ch' te paie pas pour rester assis à l'ombre », il a fait.

Je suis sorti de sous la remorque en me trémoussant et je me suis levé. Les mots étaient là, tout prêts. « Je m' casse », j'ai dit. « Allez donc au diable, avec votre stupide musculature. Ras le bol. »

« Très bien », dit-il. « Bonne nouvelle. »

« J' vous plaque. »

« Dieu merci. »

« Autre chose encore. »

« Quoi ? »

« A mon avis, vous êtes un fils de put grand format. »

Il n'a pas réussi à m'attraper.

Ensuite, je me suis demandé ce qui était arrivé à la pêche. L'avait-il écrasée d'un coup de talon rageur ? Trois jours ont passé, et puis je suis retourné à l'entrepôt. La pêche était toujours au bord de la route; cent fourmis s'en régalaient.

J'ai alors trouvé un boulot d'employé dans une épicerie. Le type qui s'occupait du magasin était un Italien doté d'une bedaine grosse comme un sac de pommes de terre. Dès que Tony Romero avait un moment de libre, il filait au rayon des fromages pour en manger de menus fragments avec les doigts. Son affaire marchait bien. Les gars du port se fournissaient chez lui dès qu'ils voulaient acheter des produits d'importation.

Un matin qu'il entrait en se dandinant, il m'a vu avec un carnet et un crayon. Je faisais l'inventaire.

« L'inventaire ? » il a dit. « C'est quoi ? »

Je lui ai expliqué, mais ça ne lui a pas plu. Il a regardé autour de lui. « Mets-toi au travail », il a fait. « Je croyais t'avoir dit que tu devais commencer par balayer le magasin. »

« Alors comme ça, vous ne voulez pas que je procède à l'inventaire ? »

« Non. Au boulot. Pas d'inventaire. »

Chaque jour à trois heures, les clients affluaient. Il y avait trop de travail pour un seul homme. Tony Romero se démenait comme un beau diable, mais il tortillait les hanches, la sueur ruisselait sur son cou, et les gens s'en allaient, car ils n'avaient pas de temps à perdre. Un après-midi, Tony n'a pas pu me trouver. Il a foncé vers l'arrière-boutique et tambouriné sur la porte des toilettes. Je lisais Nietzsche, j'apprenais par cœur un long passage sur la volupté. Malgré les coups sur la porte, j'ai fait le mort. Tony Romero a posé une caisse d'œufs devant la porte, puis il est monté dessus. Sa grosse mâchoire est apparue au-dessus du chambranle et soudain il m'a aperçu de l'autre côté.

« *Mannaggia Jesu Christi!* » il a beuglé. « Sors de là ! »

Je lui ai dit que j'arrivais tout de suite. Il s'est éloigné en braillant, mais il ne m'a pas viré pour autant.

Un soir, il vérifiait la recette de la journée dans le tiroir-caisse. Il était tard, presque neuf heures. Je voulais aller à la bibliothèque avant la fermeture. Il a juré à voix basse, puis m'a appelé. Je me suis approché de lui.

« Il manque dix dollars. »

« C'est drôle », j'ai fait

« Y sont pas là. »

J'ai vérifié soigneusement ses comptes trois fois de suite. Il manquait bel et bien dix dollars. On a regardé par terre en donnant des coups de pied dans la sciure. Puis on a de nouveau examiné le tiroir-caisse sous toutes les coutures, on l'a même démonté pour regarder à l'intérieur. Sans résultat. Je lui ai dit que par erreur il avait peut-être rendu un billet de dix dollars à un client. Il était certain que non. Ses doigts ont fouillé dans les poches de sa chemise. Ils ressemblaient à des saucisses de Francfort. Il a tapoté ses poches.

« File-moi une cigarette. »

J'ai sorti mon paquet de ma poche arrière, et le billet de dix dollars est venu avec. Je l'avais fourré dans mon paquet de cigarettes, mais il s'était fait la malle. Il est tombé par terre entre nous. Tony a écrasé son crayon, dont le bois a volé en éclats. Son visage s'est empourpré, ses joues se gonflaient et se dégonflaient. Il a redressé la tête pour me cracher au visage.

« Espèce de sale rat ! Hors de ma vue ! »

« Okay », j'ai fait. « Comme vous voudrez. »

J'ai pris mon livre de Nietzsche sous le comptoir et me suis dirigé vers la porte. Nietzsche ! Que connaissait-il de Friedrich Nietzsche ? Il a froissé le billet de dix dollars avant de le lancer vers moi. « Voilà ta paie pour trois jours, espèce de voleur ! » J'ai haussé les épaules. Nietzsche dans un endroit pareil !

« Je m' barre », j'ai fait. « Vous excitez pas. »

« Sors d'ici ! »

Une bonne quinzaine de mètres nous séparaient déjà.

« Ecoutez », j'ai dit. « Je suis ravi de partir. Je suis las de vos sottises et de votre hypocrisie éléphantine. Voilà une semaine que je songe à plaquer ce boulot absurde. Allez donc vous faire foutre, espèce de Rital à la gomme ! »

J'ai arrêté de courir devant la bibliothèque. C'était une succursale de la Bibliothèque publique de Los Angeles. Miss Hopkins était à son poste. Ses longs cheveux blonds étaient soigneusement coiffés. Chaque fois j'avais envie d'y enfouir mon visage pour humer son parfum. Je voulais le sentir sur mes poings. Mais elle était si belle que j'osais à peine lui parler. Elle a souri. Hors d'haleine, j'ai regardé l'horloge.

« Je croyais vraiment que j'y arriverais pas », j'ai dit.

Elle m'a répondu que j'avais encore quelques minutes. J'ai jeté un coup d'œil pardessus le bureau et constaté avec plaisir qu'elle portait une robe ample. Si je réussissais à l'attirer de l'autre côté de la salle sous un prétexte quelconque, j'aurais peut-être la chance d'apercevoir la silhouette de ses jambes. Je me demandais toujours à quoi ressemblaient ses jambes sous leurs collants scintillants. Elle n'était pas occupée. Dans la salle, il y avait seulement deux personnes âgées, qui lisaient le journal. Elle a enregistré le retour de mon Nietzsche pendant que je reprenais mon souffle.

« Voudriez-vous me montrer les livres d'Histoire ? » je lui ai demandé.

D'un sourire elle a accepté, et je l'ai suivie. J'ai été déçu. Sa robe bleu ciel était trop épaisse : la lumière ne la traversait pas. J'ai admiré la courbe de ses talons. J'ai eu envie de les embrasser. Elle s'est retournée devant les livres d'Histoire, convaincue que je m'intéressais davantage à elle qu'aux bouquins. J'ai senti toute chaleur la quitter. Elle a fait demi-tour vers son bureau. J'ai sorti quelques livres, puis les ai remis dans les étagères. Elle devinait toujours mes pensées, mais je refusais de les modifier pour autant. Ses jambes étaient croisées sous le bureau. Elles étaient merveilleuses. J'ai eu envie de les étreindre.

Quand nos regards se sont croisés, elle a souri, et son sourire disait : allez-y, rincez-vous l'œil si ça vous chante ; je ne peux pas vous en empêcher, mais j'aimerais bien vous flanquer une bonne taloche. Je voulais lui parler. J'aurais pu lui citer quelques phrases extra de Nietzsche ; ou tout le passage de *Zarathoustra* sur la volupté. Ah ! Mais je ne pourrais jamais lui sortir ça.

A neuf heures elle a sonné la cloche. J'ai foncé vers le rayon de philosophie et pris un livre au hasard. C'était un autre Nietzsche : *Homme et Surhomme*. Je savais qu'elle en resterait bouche bée. Avant d'apposer son tampon, elle a feuilleté quelques pages.

« Eh ben ! » elle a fait. « Vous lisez de ces livres ! »

« Bah », j'ai rétorqué, « une broutille. Je ne m'intéresse qu'aux écrivains sérieux. »

Elle m'a souhaité le bonsoir avec un sourire, et je lui ai dit : « C'est une magnifique soirée, magnifiquement éthérée. »

« Vraiment ? » elle a fait.

Elle m'a jeté un regard bizarre, avec son crayon derrière l'oreille. J'ai fait volte-face, puis raté une marche en sortant et je me suis rattrapé de justesse. Dehors, je me suis senti encore plus mal, car ce n'était pas une soirée magnifique, il faisait froid et brumeux, les lampadaires étaient cernés d'un halo de brouillard. Une voiture dont le moteur tournait était garée devant la porte ; il y avait un homme au volant. Il attendait Miss Hopkins pour la ramener à Los Angeles. J'ai trouvé qu'il avait l'air d'un crétin. Avait-il lu Spengler ? Savait-il que l'Occident déclinait ? Que faisait-il pour empêcher la catastrophe ? Rien ! C'était un ignare, un demeuré. Qu'il aille se faire voir.

Le brouillard s'enroulait autour de moi et me pénétrait tandis que je marchais en fumant une cigarette. Je me suis arrêté *Chez Jim* sur Anaheim. Un type mangeait au comptoir. Je l'avais souvent vu sur les quais du port. C'était un docker nommé Hayes. Je me suis assis à côté de lui et j'ai commandé à dîner. Ensuite, je suis allé jeter un coup d'œil au présentoir de livres, des réimpressions à un dollar. J'en ai pris cinq. Puis je suis allé voir les revues et j'ai feuilleté *Artists and Models*. J'ai choisi les deux numéros où les femmes étaient le moins habillées, et quand Jim m'a servi mon dîner, je lui ai demandé de les emballer. Il a vu le Nietzsche sous mon bras : *Homme et Surhomme.*

« Non », j'ai fait. « Çui-là, je le garde. »

Je l'ai posé violemment sur le comptoir. Hayes a regardé le livre, lu son titre : *Homme et Surhomme.* J'ai remarqué qu'il m'observait dans le miroir. Je mangeais mon steak. Jim regardait mes mâchoires pour savoir si le steak était tendre. Hayes matait toujours le livre.

« Jim », j'ai fait, « ce mets est réellement antédiluvien. »

Jim m'a demandé ce que je voulais dire, Hayes s'est arrêté de manger pour écouter. « Le steak », j'ai répondu. « Il est archaïque, primitif, paléontologique et antique. Bref, sénile et décrépit. »

Jim a souri pour me montrer qu'il ne comprenait pas, et le docker s'est arrêté de mâcher tellement il était intéressé.

« Je pige que dalle », a fait Jim.

« La viande, mon ami. La viande. Ce mets devant moi. Plus coriace que de la louve. »

Quand j'ai regardé Hayes, il s'est détourné en vitesse. Vexé par mes remarques sur le steak, Jim s'est penché au-dessus du comptoir et a chuchoté qu'il serait heureux de m'en cuire un autre.

J'ai alors dit : « Par le sang du Christ ! Laisse tomber, mon gars ! Cela remplace mes aspirations les plus célèbres. »

J'ai vu Hayes qui m'observait dans le miroir. Ses yeux faisaient la navette entre moi et le livre. *Homme et Surhomme.* J'ai continué de mastiquer en regardant droit devant moi, sans lui accorder la moindre attention. Pendant tout mon repas, il m'a observé attentivement. Une fois, il a même gardé les yeux longtemps fixés sur mon livre. *Homme et Surhomme.*

Quand Hayes a eu terminé, il est allé devant pour payer sa note. Il est resté près du tiroir-caisse à chuchoter avec Jim. Hayes a hoché la tête. Jim a souri, et de nouveau ils ont chuchoté. Hayes a dit bonsoir à Jim en souriant, il m'a jeté un dernier coup d'œil par-dessus l'épaule, puis Jim est revenu.

« Ce type voulait tout savoir sur toi », il a dit.

« Vraiment ! »

« Il m'a dit que tu causais comme un mec brillant. »

« Vraiment ! Qui est-il et que fait-il ? »

Jim a répondu que c'était Joe Hayes, le docker.

« Profession de poltron », j'ai rétorqué. « Infestée d'ânes et de nigauds. Nous vivons dans un monde de putois et d'anthropoïdes. »

J'ai sorti le billet de dix dollars. Jim m'a rapporté la monnaie. Je lui ai proposé vingt-cinq cents de pourboire, mais il les a refusés. « Un geste spontané », j'ai dit. « Un simple symbole d'amitié. J'aime ta façon d'être, Jim. Elle suscite mon entière approbation. »

« J'essaie de contenter tout le monde. »

« Eh bien, comme dirait Tchekhov, je suis exempt de toute plainte à ton égard. »

« Tu fumes quelle marque de cigarettes ? »

Je le lui ai dit. Il m'a donné deux paquets. « Cadeau de la maison », il a fait.

Je les ai mis dans ma poche.

Mais il s'obstinait à refuser mon pourboire.

« Prends-le ! » j'ai dit. « C'est un simple geste. »

Il a refusé. On s'est dit bonsoir. Il a porté les assiettes sales dans la cuisine et je me suis dirigé vers la porte. Là, j'ai allongé le bras, pris deux étuis de bonbons sur le présentoir, que j'ai glissés sous ma chemise. Le brouillard m'a avalé. J'ai mangé les bonbons en rentrant à la maison. J'étais content du brouillard, parce qu'il a empêché M. Hutchins de me voir. Il était debout sur le seuil de son petit magasin de radio. Il me cherchait. Je lui devais quatre versements sur notre radio. Il lui aurait suffi de tendre la main pour me toucher, mais il ne m'a pas vu

Deux

Nous habitions un immeuble à côté de tout un tas de Philippins. Ils arrivaient et repartaient selon la saison. Ils descendaient vers le sud pour la saison de pêche, puis remontaient vers le nord pour la cueillette des fruits et la récolte des laitues dans la région de Salinas. Il y avait une famille de Philippins dans notre immeuble, juste en dessous de chez nous. C'était une bâtisse à deux étages en stuc rose ; les tremblements de terre avaient arraché de grandes plaques de stuc aux murs. Chaque nuit, le stuc absorbait le brouillard comme un buvard. Au matin les murs n'étaient plus roses, mais d'un rouge profond. Je préférais de loin le rouge.

Les marches couinaient comme une portée de souris. Notre appartement était le dernier au premier étage. Dès que je touchais la poignée de la porte, je me sentais déprimé. Rentrer chez moi m'a toujours fait cet effet. Même du temps de mon père, quand nous habitions une vraie maison, ça ne me plaisait pas. Je voulais toujours m'en aller de chez moi, ou bien tout chambouler. Je me demandais à quoi ressemblerait notre maison si elle était différente, mais je ne savais pas comment m'y prendre pour l'imaginer différente.

J'ai ouvert la porte. Il faisait sombre, l'obscurité sentait l'intimité familiale, l'endroit où je vivais. J'ai allumé les lumières. Ma mère était allongée sur le divan et la lumière l'a réveillée. Elle s'est dressée sur les coudes en se frottant les yeux. Chaque fois que je la voyais à moitié réveillée, je repensais à l'époque où j'étais môme : le matin, je la rejoignais dans son lit, je humais son odeur endormie ; quand j'ai grandi, j'ai cessé de la rejoindre le matin parce que ça me rappelait trop qu'elle était ma mère. C'était une odeur huileuse et salée. Je ne pouvais même pas imaginer qu'elle vieillirait. Ça me bousillait, rien que d'y penser. Elle s'est assise en me souriant ; le sommeil avait ébouriffé ses cheveux. Tout ce qu'elle faisait me rappelait l'époque où j'habitais une vraie maison.

« Je croyais que tu n'arriverais jamais », elle a dit.

« Où est Mona ? »

Ma mère m'a répondu qu'elle était à l'église ; alors j'ai dit : « Ma propre sœur acculée à la superstition de la prière ! Ma propre chair et mon propre sang. Une nonne, une sectatrice de Dieu ! Quelle barbarie ! »

« Ne recommence pas », elle a dit. « Tu n'es qu'un garçon qui a lu trop de livres. »

« C'est ce que tu penses », j'ai rétorqué.

« Il est parfaitement évident que tu souffres d'un complexe de fixation. »

Elle a blêmi.

« D'un quoi ? »

« Laisse tomber », j'ai fait. « Inutile de discuter avec les rustres, les culs-terreux et les imbéciles. L'homme intelligent choisit avec discernement ses auditeurs. »

Elle a repoussé ses cheveux avec ses longs doigts semblables à ceux de Miss Hopkins, sauf qu'ils étaient couverts de durillons et de rides, et qu'elle portait une alliance.

« Es-tu consciente du fait », j'ai dit, « qu'une alliance est non seulement vulgairement phallique, mais aussi le vestige d'une sauvagerie primitive qui peut étonner en cette époque soi-disant intelligente et éclairée ? »

« Quoi ? » elle a fait.

« Peu importe. Même si j'expliquais, ce serait hors de portée d'un cerveau féminin. »

Je lui ai dit qu'elle pouvait bien rire, mais qu'un de ces jours elle devrait rabattre son caquet. Puis j'ai emporté mes revues et mes livres neufs dans mon bureau privé, — le placard à vêtements. Comme il n'y avait pas d'électricité dans mon bureau, j'utilisais des bougies. J'ai aussitôt subodoré que quelqu'un était entré dans mon bureau pendant mon absence. En effet, j'ai vite remarqué le petit chandail rose de ma sœur suspendu à un cintre.

Je l'ai retiré du cintre et lui ai dit : « Que signifie votre présence ici ? De quel droit êtes-vous entré ? Vous ne comprenez donc pas que vous avez violé le sanctuaire de la maison de l'amour ? » J'ai ouvert la porte et lancé le chandail sur le divan.

« Les vêtements sont interdits dans cette pièce ! » j'ai hurlé.

Ma mère est arrivée illico presto. J'ai fermé la porte et mis le verrou. J'ai entendu ses pas. Le bouton de la porte a grincé. J'ai commencé de déballer mon paquet. Les photos d'*Artists and Models* étaient de toute beauté. J'ai sélectionné celle que je préférais. Allongée sur un tapis blanc, elle tenait une rose rouge contre sa joue. J'ai posé la photo par terre entre les bougies, puis me suis agenouillé. « Chloé », j'ai dit, « je t'adore. Tes dents évoquent un troupeau de moutons sur le Mont Galaad, et tes joues sont avenantes. Je suis ton humble serviteur et je te voue un amour éternel. »

« Arturo ! » s'est écriée ma mère. « Ouvre. »

« Que veux-tu ? »

« Qu'est-ce que tu fais ? »

« Je lis. J'étudie ! M'interdira-t-on aussi cela dans mon propre foyer ? »

Les boutons du chandail cliquetaient contre la porte. « Je ne sais pas où ranger ça », elle a dit. « Tu n'as pas le droit de m'empêcher d'accéder à ce placard à vêtements. »

« Impossible. »

« Que fais-tu ? »

« Je lis. »

« Tu lis quoi ? »

« De la littérature ! »

Elle ne voulait pas s'en aller. Je voyais ses orteils par la fente sous la porte. Je ne pouvais plus courtiser Chloé avec ma mère de l'autre côté de la porte. J'ai rangé le magazine et attendu qu'elle s'en aille. Mais elle s'incrustait. Refusait de décaniller. Cinq minutes ont passé. La bougie crachouillait. La fumée envahissait le placard. Ma mère n'avait pas bougé d'un centimètre. Finalement, j'ai posé le magazine par terre et l'ai recouvert d'une boîte. J'avais envie de gueuler après ma mère. Elle aurait pu au moins remuer, faire du bruit, lever son pied, siffler. J'ai pris un livre de fiction et glissé un doigt dedans, comme pour marquer la page. Quand j'ai ouvert la porte, elle m'a dévisagé. J'ai eu l'impression qu'elle savait tout. Elle a placé ses mains sur ses hanches, puis reniflé l'air. Ses yeux regardaient partout, dans les coins, par terre, au plafond.

« Que diable fais-tu là-dedans ? »

« Je lis ! Je me cultive. Interdis-tu cela aussi ? »

« Tout ça sonne horriblement faux », elle a répondu. « Lirais-tu encore ces saletés de magazines illustrés ? »

« Je refuse les Méthodistes, les prudes et les débauchés sous mon toit. Je suis las de ce puritanisme de pacotille. La terrible vérité est que ma propre mère se complaît dans les pires turpitudes. »

« Tout ça me donne la nausée », elle a dit.

« Ne calomnie pas ces photos », j'ai rétorqué. « Tu es une Chrétienne, une fanatique de l'*Epworth League* (1) et de la *Bible Belt*. Tu es frustrée par ton christianisme de pacotille. Tu es fondamentalement une pleutre doublée d'une prétentieuse, une crétine qui pète plus haut que son cul. »

Elle m'a écarté pour entrer dans le placard. Il y régnait l'odeur de la cire chaude et des brèves passions répandues sur le sol. Elle savait ce que recelaient les ténèbres. Alors elle est sortie en courant.

« Dieu du ciel ! » elle s'est écriée. « Laisse-moi sortir de là. »

Elle m'a repoussé, puis a claqué la porte. Je l'ai entendue malmener sa batterie de cuisine. Ensuite, la porte de la cuisine a claqué. J'ai verrouillé la mienne, allumé les bougies et retrouvé ma photo. Au bout d'un moment, ma mère a frappé en m'annonçant que le dîner était prêt. Je lui ai répondu que j'avais déjà mangé. Elle rôdait devant la porte. Une fois de plus, elle était embêtée. J'ai senti la tension monter. Il y avait une chaise près de la porte. Je l'ai entendue la tirer devant la porte et s'asseoir dessus. Je savais qu'elle avait les bras croisés, qu'elle regardait ses chaussures et que ses pieds étaient tendus, comme chaque fois qu'elle s'asseyait pour attendre. J'ai fermé le magazine, et moi aussi j'ai attendu. Si elle supportait ça, je pouvais bien le supporter aussi. Ses doigts de pied frappaient régulié-

(1) L'*Epworth League* est une organisation des jeunesses méthodistes destinée à promouvoir l'étude des Saintes Ecritures et la mise en pratique du dogme chrétien. (N.d.T.)

rement le tapis. La chaise grinçait. Le rythme s'est accéléré. Brusquement elle a bondi sur ses pieds et martelé la porte. Je l'ai ouverte en castastrophe.

« Sors de là ! » elle a hurlé.

Je suis sorti aussi vite que j'ai pu. Elle souriait, lasse mais soulagée. Elle avait de petites dents. Une dent de sa mâchoire inférieure saillait comme un soldat sorti des rangs. Elle ne mesurait pas plus d'un mètre soixante, mais paraissait grande quand elle portait ses hauts talons. Sa peau surtout trahissait son âge. Elle avait quarante-cinq ans. Sa peau s'affaissait un peu sous ses oreilles. J'ai constaté avec plaisir que ses cheveux n'étaient pas gris. J'étais à l'affût du moindre cheveu gris, mais je n'en trouvais jamais. Je l'ai repoussée, chatouillée, elle a ri en se laissant tomber sur la chaise. Ensuite, je suis allé m'allonger sur le divan pour dormir un peu.

Trois

Ma sœur m'a réveillé en rentrant à la maison. J'avais une migraine et une douleur dans le dos, comme un muscle froissé ; je savais pourquoi : je pensais trop aux femmes nues. L'horloge de la radio indiquait onze heures. Ma sœur a retiré son manteau, puis s'est dirigée vers le placard à vêtements. Je lui ai dit de ne pas en approcher sous peine de mort. Elle a souri d'un air dédaigneux en portant son manteau dans la chambre. Je me suis retourné et j'ai lancé mes jambes par-dessus le divan. Je lui ai demandé où elle avait été, mais elle ne m'a pas répondu. Elle m'exaspérait, car elle faisait rarement attention à moi. Je ne la haïssais pas vraiment, mais je regrettais parfois de ne pas le faire. A seize ans, c'était une jolie môme. Un peu plus grande que moi, avec des cheveux et des yeux noirs. Au lycée, elle avait remporté le concours de la plus belle dentition. Son derrière arrondi et bien balancé évoquait une miche de pain italien. Je voyais souvent des types le regarder, je sentais qu'ils en restaient babas. Mais elle était froide, et sa démarche trompeuse. Elle n'aimait pas que les garçons la regardent. Elle pensait que c'était mal ; en tout cas, elle le disait. Elle prétendait que c'était impoli et honteux.

Quand elle laissait la porte de la chambre ouverte, je la regardais ; parfois je l'observais par le trou de la serrure ou je me cachais sous le lit. Elle se campait le dos tourné au miroir pour examiner ses fesses, elle passait ses mains dessus, tirait sa robe pour les mouler. Elle portait uniquement des robes qui serraient étroitement sa taille et ses hanches ; elle époussetait toujours les fauteuils avant de s'asseoir. Puis elle s'asseyait vivement, avec une expression glacée. J'ai essayé de lui faire fumer des cigarettes, mais elle refusait systématiquement. J'ai aussi essayé de la conseiller à propos de sa vie sexuelle et amoureuse, mais elle m'a pris pour un cinglé. Elle ressemblait à mon père, aussi propre et travailleuse au lycée qu'à la maison. Elle regardait ma mère de haut. Elle était plus intelligente que ma mère, mais selon moi jamais elle n'approcherait l'intelligence subtile de mon propre esprit. En fait, elle regardait tout le monde de haut, sauf moi. Pourtant, après la mort de mon père elle a tenté de me mettre dans sa poche, moi aussi. Vu que c'était impensable de la part de ma propre sœur, elle a décidé qu'il était futile de s'intéresser à moi. Malgré tout, je la laissais de temps à autre me regarder de haut, mais seulement pour souligner la souplesse de ma personnalité. Elle était blanche comme neige. Nous ne pouvions pas nous encadrer.

Je possédais quelque chose qu'elle n'aimait pas. Qui la dégoûtait. Je crois qu'elle se doutait des femmes du placard à vêtements. De temps en temps, je la taquinais en caressant ses fesses. Elle entrait alors dans une rage folle. Une fois que je venais de peloter son postérieur, elle a pris un couteau de boucher et m'a chassé hors de l'appartement. Elle n'a pas parlé pendant deux semaines, puis elle a dit à ma mère qu'elle ne m'adresserait plus jamais la parole, qu'elle refusait de manger à la même table que moi. Elle a fini par oublier son serment, mais moi je n'ai jamais oublié sa fureur. Si elle m'avait attrapé, elle m'aurait étripé.

Elle avait la même chose que mon père, une chose que ni ma mère ni moi ne possédions. Je veux dire un désir inflexible de rectitude. Un jour, quand j'étais gamin, j'ai vu un serpent à sonnettes se battre contre trois scotch-terriers. Les chiens l'avaient surpris sur un rocher où il prenait le soleil, et ils le mettaient en pièces. Le serpent se battait comme un beau diable, sans jamais s'affoler ; il se savait foutu, et chaque chien a fini par en emporter un morceau. Ils ont seulement laissé la queue et trois cascabelles, mais il bougeait encore. Même quand il a été complètement déchiqueté, je le trouvais formidable. Je me suis approché du rocher, il y avait du sang dessus. J'ai trempé mon doigt dans le sang et l'ai léché. J'ai pleuré comme un bébé. Je ne l'ai jamais oublié. Pourtant, eût-il été vivant, jamais je ne me serais approché de lui. C'était quelque chose comme ça avec ma sœur et mon père.

Selon moi, tant que ma sœur serait aussi mignonne et qu'elle regarderait les gens de haut, elle ferait une épouse du tonnerre. Pourtant, elle était trop froide, trop bigote. Chaque fois qu'un homme venait à la maison pour lui demander un rendez-vous, elle refusait de le faire entrer. Elle restait en travers de la porte pour lui barrer le passage. Elle voulait devenir nonne, voilà le problème. Seule ma mère la retenait. Elle attendrait encore quelques années. Elle disait que le seul homme qu'elle aimait était le Fils de l'Homme, que son seul fiancé était le Christ. C'était le baratin des nonnes tout craché. Mona n'aurait jamais pu inventer ça toute seule.

Elle a passé toute son école primaire en compagnie des religieuses de San Pedro. A sa sortie, mon père n'avait pas assez d'argent pour l'inscrire au lycée catholique, si bien qu'elle est allée à Wilmington. Dès la fin des cours, elle retournait à San Pedro afin de rendre visite aux religieuses. Elle restait toute la journée pour les aider à corriger des copies, à s'occuper de la maternelle, des trucs de ce genre. Le soir, elle traînait à l'église de Wilmington, près du port ; elle décorait les autels avec toutes sortes de fleurs. Ce soir-là, elle n'avait pas fait autre chose.

Elle est entrée dans le salon en robe de chambre.

« Comment va Jéhovah ce soir ? » je lui ai

demandé. « Que pense-t-il de la théorie des quanta ? »

Elle est allée dans la cuisine pour parler de l'église à ma mère. Elles discutaient fleurs en se demandant quelles roses convenaient le mieux pour les autels, les rouges ou les blanches.

« Jahvé », j'ai dit. « La prochaine fois que tu vois Jahvé, dis-lui que j'aimerais lui poser quelques questions. »

Elles ont continué de parler.

« O doux Seigneur Jéhovah, contemple ta brebis bêlante Mona prosternée à Tes pieds, en pleine crise de radotage débile. O Jésus, quelle sainte elle fait ! Mon doux Jésus chéri, c'est une grenouille de bénitier. »

Ma mère a dit : « Tais-toi, Arturo. Ta sœur est fatiguée. »

« O Saint-Esprit, o triple ego saint et boursouflé, tirez-nous donc de la dépression. Elisez Roosevelt. Conservez-nous l'étalon-or. Je vous abandonne la France de bon cœur, mais pour l'amour du Christ sortez-nous du pétrin ! »

« Arturo, tais-toi. »

« O Jéhovah, dans Ton infinie mutabilité, vois donc si tu ne pourrais pas trouver un bon petit bifton pour la famille Bandini. »

Ma mère a dit : « Honte, Arturo, honte à toi. »

Je me suis levé sur le divan et j'ai hurlé : « Je rejette l'hypothèse de Dieu ! A bas la décadence d'un christianisme frauduleux ! La religion est l'opium du peuple ! Tout ce que nous sommes ou pourrons jamais espérer être, nous le devons au diable et à ses pommes de contrebande ! »

Ma mère m'a sauté dessus avec le balai. Elle a trébuché sur le manche, puis m'a menacé avec l'autre extrémité. J'ai écarté le balai, puis bondi à terre. Ensuite, sous son nez, j'ai enlevé ma chemise et me suis dressé devant elle, torse nu. J'ai allongé le cou vers elle.

« Donne libre cours à ton intolérance », j'ai dit. « Persécute-moi ! Torture-moi ! Exprime ton christianisme ! Que la prosélyte religieuse exhibe son âme sanglante ! Pends-moi sur le gibet ! Enfonce dans mes yeux des tisonniers brûlants ! Brûlez-moi sur le bûcher, espèce de chiennes chrétiennes ! »

Mona est arrivée avec un verre d'eau. Elle a retiré le balai des mains de ma mère et lui a donné l'eau. Ma mère a bu et ça l'a un peu calmée. Puis elle a postillonné, s'est étranglée, a bien failli fondre en larmes.

« Maman ! » a dit Mona. « Ne pleure pas. Il est dingo. »

Elle a tourné vers moi un visage cireux, sans expression. J'ai fait volte-face et marché vers la fenêtre. Quand j'ai pivoté sur mes talons, elle me regardait toujours.

« Espèce de chiennes chrétiennes », j'ai dit. « Oies blanches bucoliques ! *Imbecilus Americanus !* Hyènes, belettes, putois et ânesses — une vraie ménagerie de demeurées ! Moi seul de toute la famille ai échappé au fléau du crétinisme. »

« Espèce d'idiot », elle a fait.

Elles sont parties dans la chambre.

« Ne me traite pas d'idiot », j'ai dit. « Tu es une névrosée ! Une demi-nonne frustrée, inhibée, demeurée et abrutie ! »

« Tu entends ça ! » s'est écriée ma mère. « Quelle horreur ! »

Elles se sont couchées. A elles la chambre, à moi le divan. Quand leur porte s'est fermée, j'ai ressorti mes magazines pour les emporter sur le divan. J'étais content de pouvoir regarder les filles sous les lumières de la grande pièce. C'était bien mieux que le placard nauséabond. Je leur ai parlé pendant une bonne heure, je suis parti dans les montagnes avec Elaine, dans les mers du Sud avec Rosa, et finalement j'ai organisé une réunion où elles étaient toutes allongées autour de moi, je leur ai dit que je n'avais pas de chouchou, que chacune à tour de rôle aurait sa chance. Au bout d'un moment j'en ai eu par-dessus la tête, car je me sentais de plus en plus crétin, j'ai songé haineusement que c'étaient seulement des photos, plates, figées, des couleurs et des sourires interchangeables. Et puis toutes souriaient comme des putains. Tout ça est devenu vraiment écœurant et j'ai pensé : Regarde-toi donc ! En train de parler à une bande de prostituées. Quel charmant surhomme tu fais ! Si Nietzsche te voyait en ce moment ? Et Schopenhauer — que penserait-il de toi ? Et Spengler ! Oh, comme Spengler se moquerait de toi ! Espèce d'idiot, porc, pourceau, rat, espèce de sale dégoûtant, méprisable petit porc ! Brusquement j'ai rassemblé toutes les photos, je les ai déchirées et balancées dans la cuvette des W.-C. Puis je suis retourné me coucher la tête basse, et j'ai rejeté les couvertures du lit. Je me haïssais tant que je me suis assis sur le divan en me traitant de tous les noms. J'étais en fin de compte tellement méprisable qu'il ne me restait plus qu'à dormir. Des heures ont passé avant que le sommeil ne vienne. Le brouillard se levait à l'est ; l'ouest était noir et gris. Il devait être trois heures du matin. J'entendais le doux ronflement de ma mère dans la chambre. J'étais alors prêt à me suicider, et sur ces mornes pensées je me suis endormi.

Quatre

A six heures ma mère s'est levée et m'a appelé. Je me suis retourné en refusant de sortir du lit. Elle a pris la literie et l'a retirée du divan. Je me suis retrouvé nu sur le drap du dessous, car je dormais sans pyjama. Ça ne me gênait pas, mais c'était le matin et je n'étais pas prêt à ça, elle s'en est aperçue, même si je me moquais qu'elle me voie nu. J'ai posé ma main à l'endroit stratégique pour essayer de cacher ça, mais elle l'a vu. On aurait dit qu'elle cherchait délibérément quelque chose pour me gêner — ma propre mère.

« Honte à toi, de bon matin », elle a dit.

« Honte à moi ? » j'ai fait. « Pourquoi ça ? »

« Honte à toi. »

« O Dieu, qu'est-ce que les Chrétiens ne vont pas inventer? Maintenant, faudrait avoir honte de dormir ! »

« Tu sais très bien ce que je veux dire », elle a répondu. « Honte à toi, à ton âge. Honte à toi. Honte. Honte. »

« Eh bien, honte à toi aussi. Et honte au christianisme. »

Elle est retournée se coucher.

« Honte à lui », elle a dit à Mona.

« Kesk'il a encore fait ? »

« Honte à lui. »

« Kesk'il a fait ? »

« Rien. Mais ça n'empêche qu'il devrait avoir honte. »

Je me suis rendormi. Aussitôt, elle m'a réveillé.

« Je vais pas au travail ce matin », j'ai dit.

« En quel honneur ? »

« J'ai perdu mon boulot. »

Silence de mort. Ma mère et Mona se sont assises dans leur lit. Mon boulot avait pour elles une importance cruciale. Il y avait bien Oncle Frank, mais elles comptaient avant tout sur mon salaire. Fallait que je trouve une bonne explication, car toutes deux savaient que j'étais un menteur. Je pouvais embobiner ma mère, mais Mona ne me croyait jamais, même quand je disais la vérité.

Voilà ce que j'ai trouvé : « Le neveu de M. Romero vient tout juste d'arriver de la cambrousse. Il m'a pris mon boulot. »

« J'espère que tu ne t'imagines pas que nous allons gober *ça* ! » a dit Mona.

« Les produits de mon imagination ne regardent pas les imbéciles », j'ai répondu du tac au tac.

Ma mère s'est approchée du divan. Mon explication n'était pas très convaincante, mais ma mère ne demandait pas mieux que de me croire. Sans Mona ç'aurait été du gâteau. Elle a demandé à Mona de se taire pour écouter la suite de mon histoire. Mona bousillait tout en pérorant. Je lui ai hurlé de la boucler.

« Dis-tu la vérité ? » m'a demandé ma mère.

J'ai posé la main sur mon cœur, fermé les yeux et déclaré : « Devant le Seigneur Tout-Puissant et sa cour céleste, je jure solennellement que je ne mens ni ne m'écarte d'un iota de la vérité. Dans le cas contraire, j'espère qu'il me foudroiera dans la minute qui suit. Va chercher l'horloge. »

Elle a pris l'horloge de la radio. Elle croyait aux miracles, à tous les miracles possibles et imaginables. J'ai fermé les yeux et senti mon cœur s'emballer. J'ai retenu mon souffle. Les secondes passaient. Quand la minute a été écoulée, j'ai lâché l'air hors de mes poumons. Ma mère a souri et m'a embrassé sur le front. Mais maintenant elle pestait contre Romero.

« Il ne peut pas te faire ça », elle a dit. « Je vais aller le trouver pour lui faire voir de quel bois je me chauffe. »

J'ai bondi hors de mon lit. J'étais nu mais je m'en foutais. « Dieu Tout-Puissant ! » j'ai beuglé. « Tu n'as donc pas de fierté, aucun sens de la dignité humaine ? Tu irais le voir après qu'il m'a traité avec cette infâme goujaterie levantine ? Tu désires donc souiller aussi le nom de notre famille ? »

Elle s'habillait dans la chambre. Mona riait en tripotant ses cheveux. Je suis entré, j'ai fait main basse sur les bas de ma mère, que j'ai transformés en un paquet de nœuds avant qu'elle ne puisse m'arrêter. Mona a gloussé en secouant la tête. J'ai placé mon poing sous son nez et l'ai avertie pour la dernière fois de se mêler de ses oignons. Ma mère ne savait plus à quel saint se vouer. J'ai posé les mains sur ses épaules et l'ai regardée dans le blanc des yeux. « Je suis un homme à la fierté inflexible », je lui ai dit. « Cela éveille-t-il dans ton esprit la moindre approbation ? La fierté ! La plus anodine de mes paroles prend sa source sur ce terrain que je nomme Fierté. Sans elle, ma vie sombrerait dans une désillusion sans fond. En deux mots comme en cent, c'est un ultimatum. Si tu vas voir Romero, je me tue. »

Ça lui a flanqué une trouille bleue, mais Mona était écroulée de rire. Sans rien ajouter, je suis retourné me coucher et me suis assez vite rendormi.

Quand je me suis réveillé, vers midi, elles avaient débarrassé le plancher. J'ai sorti la photo d'une vieille copine à moi que j'appelais Marcella ; nous sommes partis en Egypte et avons fait l'amour sur un bateau que des esclaves propulsaient sur le Nil. Je buvais du vin dans ses sandales, du lait à ses mamelons, après quoi nous avons demandé aux esclaves de nous diriger vers la rive du fleuve ; je lui ai offert à manger des cœurs de colibris macérés dans du lait de pigeon sucré. Après ça, j'ai eu un terrible coup de barre. J'ai eu envie de m'envoyer un bon uppercut sur le nez, histoire de me mettre K.-O. Je voulais me castrer, entendre mes os craquer. J'ai mis en pièces la photo de

Marcella, elle est passée à la cuvette, puis je suis allé prendre une lame de rasoir dans l'armoire à pharmacie, et avant de réaliser ce que je faisais, je me suis entaillé le bras sous le coude, pas trop profond, pour que le sang jaillisse sans douleur. J'ai sucé l'entaille, mais je n'avais toujours pas mal ; j'ai donc été chercher du sel, j'en ai mis sur la plaie et alors je l'ai senti mordre la chair, me blesser, me faire sortir de mon apathie, me rendre toute ma vitalité, et j'en ai remis jusqu'au moment où ça a fait trop mal. Ensuite, j'ai pansé mon bras.

Elles avaient laissé un message pour moi sur la table. Elles étaient parties chez Oncle Frank ; il y avait de la nourriture dans le garde-manger pour mon petit déjeuner. J'ai décidé d'aller casser la graine *Chez Jim*, car il me restait un peu d'argent. De l'autre côté de la rue, j'ai traversé la cour de l'école et suis allé *Chez Jim*. J'ai commandé des œufs au jambon. Pendant que je mangeais, Jim parlait.

« Tu lis tout le temps », il m'a dit. « T'as jamais essayé d'écrire un livre ? »

Ça a fait tilt. Dès cet instant, j'ai voulu devenir écrivain. « J'en écris un en ce moment même », j'ai dit.

Il a voulu savoir quel genre de livre.

« Ma prose n'est pas à vendre », j'ai répondu. « J'écris pour la postérité. »

« J'ignorais ça », il a fait. « T'écris quoi ? Des nouvelles ? Ou de la fiction pure ? »

« Les deux. J' suis ambidextre. »

« Oh. J'ignorais ça aussi. »

Je me suis dirigé vers les rayons pour

acheter un crayon et un calepin. Il voulait savoir ce que j'écrivais actuellement.

« Rien. Je prends seulement des notes pour un ouvrage à venir sur le commerce extérieur. Curieusement, ce sujet m'intéresse. Une sorte de violon d'Ingres. »

Quand je suis parti, il me regardait bouche bée. J'ai ralenti le pas en descendant vers le port. Nous étions en juin, la meilleure saison de l'année. Le maquereau abondait sur la côte Sud, les conserveries tournaient à plein régime, nuit et jour ; tout le temps à cette époque de l'année l'air empestait la putréfaction et l'huile de poisson. Certains trouvaient que ça puait, ils en étaient malades, mais pas moi ; ils détestaient l'odeur du poisson, mais moi je la trouvais formidable. J'adorais me balader dans le coin du port. Ce n'était pas une seule odeur, mais un bouquet garni de parfums différents qui vous prenaient et vous lâchaient, si bien qu'à chaque pas vous en découvriez un nouveau. Ça m'a rendu rêveur, je me suis mis à réfléchir à des pays lointains, au contenu mystérieux du fond de l'océan, et tous les livres que j'avais lus sont brusquement devenus vivants, leurs personnages se sont dressés devant moi, Philip Carey, Eugene Witla et tous ceux de Dreiser.

J'aimerais l'odeur de l'eau de fond de cale des vieux pétroliers, celle du pétrole brut dans les barils voués à des destinations lointaines, l'odeur de l'essence sur l'eau vaseuse, jaune et or, l'odeur du bois putrescent et des déchets de la mer noircis par le goudron et le pétrole, celle des fruits pourris, des petits bateaux de pêche japonais, des bananiers et des vieux cordages, celle des remorqueurs et de la ferraille, et puis la mystérieuse odeur nostalgique de l'océan à marée basse.

Je me suis arrêté sur le pont blanc qui enjambait le canal avant les Pêches de la Côte Pacifique, côté Wilmington. Un pétrolier à quai déchargeait. Un peu plus haut dans la rue, des pêcheurs japonais réparaient leurs filets qui s'allongeaient sur des blocs et des blocs au bord de l'eau. Au quai Amérique-Hawaii, des dockers chargeaient un navire en partance pour Honolulu. Ils travaillaient torse nu. Ils semblaient un excellent sujet d'étude. J'ai ouvert mon calepin neuf sur la balustrade, sucé mon crayon, puis commencé un traité sur le docker : « Interprétation Psychologique du Docker Hier et Aujourd'hui, par Arturo Gabriel Bandini. »

Le sujet s'est avéré coriace. J'ai essayé quatre ou cinq fois avant de renoncer. En tout cas, ce genre d'étude exigeait des années de recherche : inutile de songer déjà à la rédaction. Il fallait d'abord rassembler toute une documentation. Cela prendrait peut-être deux ou trois ans, voire quatre : en fait, c'était l'œuvre d'une vie, un *magnum opus*. C'était trop dur. J'ai renoncé. Je me suis dit que la philosophie était plus facile.

« Dissertation Morale et Philosophique sur l'Homme et la Femme, par Arturo Gabriel Bandini. » Le mal est réservé à l'homme faible, voilà pourquoi il est faible. Mieux vaut être fort que faible, car être faible c'est manquer de force. Soyez forts, mes frères, car je vous le dis, si vous n'êtes pas forts, les puissances du mal auront votre peau. Toute force est une forme de puissance. Tout manque de force est une forme de mal. Tout mal est une forme de faiblesse. Soyez forts, sinon vous serez faibles. Evitez la faiblesse si vous voulez devenir forts. La faiblesse dévore le cœur de la femme. La force nourrit le cœur de l'homme. Voulez-vous devenir des femmes? Dans ce cas, devenez faibles. Voulez-vous devenir des hommes ? Oui ? Alors, devenez forts. A bas le Mal ! Vive la Force ! O Zarathoustra, accorde à tes femmes une abondance de faiblesse ! O Zarathoustra, accorde à tes hommes une abondance de force ! A bas la femme ! Longue vie à l'homme !

Bientôt tout ça m'a cassé les pieds. J'ai décidé que, tout compte fait, je n'étais peut-être pas écrivain, mais peintre. L'art était peut-être la clef de mon génie. J'ai tourné la page de mon calepin pour dessiner des esquisses, histoire de m'entraîner, mais je n'ai rien trouvé qui vaille la peine d'être dessiné. Il y avait seulement des navires, des dockers et des quais, rien de bien palpitant. Alors j'ai dessiné des chats perchés sur des barrières, des visages, des triangles et des carrés. Ensuite, l'idée m'est venue que je n'étais ni artiste ni écrivain, mais architecte, car mon père avait été menuisier, et j'avais peut-être davantage le bâtiment dans le sang. J'ai dessiné quelques maisons. Toutes du même style — des façades carrées avec des cheminées d'où sortait de la fumée. Et puis j'ai rangé mon calepin.

Il faisait une chaleur torride sur le pont, le soleil piquait ma nuque. Je me suis faufilé entre les barres du garde-fou jusqu'à des rochers déchiquetés au bord de l'eau. C'étaient des gros rochers, noircis par les marées hautes successives, certains de la taille d'une maison. Sous le pont ils gisaient dans un désordre délirant, comme un champ d'icebergs, et pourtant ils semblaient contents de leur sort.

J'ai rampé sous le pont avec le sentiment d'être le premier à faire ça. Les vaguelettes du port léchaient les rochers et laissaient des mares d'eau verte çà et là. Certains rochers étaient couverts de mousse, d'autres arboraient de jolies taches de crottes d'oiseaux. La lourde odeur de la mer montait du sol. Sous les poutrelles du pont, il faisait si froid et sombre que je n'y voyais goutte. Au-dessus de moi, j'entendais le vacarme des voitures, des klaxons, les cris des hommes et le fracas des traverses en bois au passage des gros camions. Tout cela faisait un boucan de tous les diables ; quand j'ai crié, ma voix est partie à quelques mètres, puis elle est revenue sur moi à toute vitesse, comme attachée à un élastique. J'ai rampé parmi les pierres pour me mettre complètement à l'abri du soleil. C'était un endroit bizarre. D'abord j'ai eu peur. Un peu plus loin, j'ai vu une grosse pierre, plus grosse que les autres et couronnée par les excréments blancs des mouettes. Avec sa couronne blanche, c'était le roi de tous ces rocs. Je me suis dirigé vers lui.

Brusquement, tout ce qui était à mes pieds s'est mis à bouger. Avec les mouvements vifs et clapotants d'êtres rampants. J'ai retenu mon souffle et tenté d'observer ce phénomène. C'étaient des crabes ! Ces pierres étaient vivantes et elles grouillaient. Je suis resté figé sur place, pétrifié par la peur ; le vacarme au-dessus de ma tête n'était rien, comparé au tonnerre de mon cœur.

Je me suis appuyé contre une pierre et j'ai pris mon visage entre mes mains pour essayer de me calmer. Quand j'ai enlevé mes mains, je voyais dans l'obscurité ; c'était aussi gris et froid qu'un univers souterrain, un lieu glauque et solitaire. Pour la première fois, j'ai vu nettement les choses qui vivaient dans ce cloaque. Les gros crabes avaient la taille d'une brique ; silencieux et cruels, ils trônaient sur les rochers, remuant leurs antennes menaçantes et sensuelles comme les bras d'une danseuse de hula-hop, dardant dans les ténèbres leurs yeux laids et sournois. Il y avait infiniment plus de crabes moins gros, de la taille de ma main, qui nageaient dans les petites flaques noires à la base des rochers, se grimpaient l'un sur l'autre, se culbutaient dans l'obscurité visqueuse pour atteindre le sommet d'une pierre. Ils s'amusaient comme des fous.

A mes pieds, j'ai découvert une colonie de crabes encore plus petits, de la taille d'une pièce de un dollar, un vrai fouillis de pattes gigotantes entremêlées. L'un d'eux a pincé l'ourlet de mon pantalon. Je l'ai enlevé de là, puis fermement tenu pendant qu'il se débattait frénétiquement en essayant de me pincer. Mais il était foutu, impuissant. J'ai pris mon élan et l'ai lancé contre une pierre. Il a explosé, écrabouillé à mort, il est resté quelques secondes empalé sur la pierre, avant de tomber en perdant du sang et de l'eau. J'ai ramassé sa coquille éclatée et j'ai goûté le liquide jaune qui en sortait ; c'était salé comme de l'eau de mer, ça ne m'a pas plu. Alors je l'ai lancée dans l'eau profonde. Elle a flotté jusqu'à ce qu'un éperlan se pointe, nage autour d'elle pour l'examiner, après quoi il s'est mis à la mordre vicieusement, avant de la faire couler en frétillant de la queue. Mes mains étaient poisseuses, pleines de sang, elles sentaient la mer. Tout d'un coup, j'ai été submergé par le désir de tuer ces crabes, jusqu'au dernier.

Les petits ne m'intéressaient pas, c'étaient les gros que je voulais occire, trucider méthodiquement. Les maousses étaient costauds et féroces, équipés de puissantes pinces coupantes : de dignes adversaires pour le grand Bandini, pour Arturo le Conquérant. J'ai regardé autour de moi, mais pas la moindre badine ni le moindre bâton en vue. Sur la berge, contre le ciment, j'ai avisé un tas de pierres. J'ai remonté mes manches et commencé à bombarder le plus gros crabe disponible, un crustacé endormi sur un rocher à sept ou huit mètres de moi. Les pierres atterrissaient autour de lui, parfois à un centimètre de lui, avec une gerbe d'étincelles et d'éclats de roc, mais il n'ouvrait même pas les yeux pour voir ce qui se passait. J'ai lancé une bonne vingtaine de pierres avant de le dégommer. Un vrai triomphe. La pierre lui a défoncé le dos avec le bruit sec d'un biscuit brisé. Elle l'a traversé de part en part, cloué sur son rocher. Puis il est tombé dans l'eau et les bulles vertes baveuses l'ont avalé. Je l'ai regardé disparaître en secouant le poing vers lui, et je l'ai furieusement injurié tandis qu'il sombrait. Adieu, adieu ! Nous nous retrouverons probablement dans un autre monde ; tu ne m'oublieras pas, Crabe. Eternellement, tu te souviendras de moi comme de ton conquérant !

C'était trop difficile de les tuer avec des pierres. Et puis ces pierres étaient si tranchantes qu'elles me tailladaient les mains quand je les ramassais. J'ai lavé le sang et la vase de mes mains, puis je suis retourné vers la berge. Je suis remonté sur le pont et j'ai descendu la rue jusqu'à un magasin de fournitures pour bateaux, à trois blocs de là, où l'on vendait des pistolets et des munitions.

J'ai dit à l'employé au visage blême que je voulais acheter un pistolet à air comprimé. Il m'a montré un modèle très puissant, j'ai mis l'argent sur le comptoir et l'ai acheté sans poser de question. J'ai dépensé le restant de mes dix dollars en munitions — des balles BB. J'étais si pressé de retourner sur le champ de bataille que j'ai dit à face de lune de ne pas envelopper les munitions, de me les donner telles quelles. Il a trouvé ça bizarre et m'a jeté un drôle de regard quand j'ai fait glisser les petits cylindres dans ma paume et que je suis sorti en trombe de son magasin, mais sans courir. Une fois dehors, j'ai pris mes jambes à mon cou, mais j'ai alors senti qu'on m'observait ; je me suis retourné, et comme de juste face de lune m'observait sur le trottoir dans l'air brûlant de l'après-midi. J'ai ralenti pour adopter un pas rapide jusqu'au coin de la rue, puis je me suis remis à courir.

Tout l'après-midi j'ai descendu des crabes, jusqu'à ce que mon épaule me fasse mal derrière le pistolet et que mon œil soit irrité derrière la mire. J'étais le Dictateur Bandini, l'Homme de Fer au Pays des Crabes. Encore un bain de sang pour le bien de la Mère Patrie. Ils avaient essayé de me détrôner, ces foutus crabes, ils avaient eu le culot de fomenter une révolution, mais j'allais prendre ma revanche. Cette seule pensée me plongeait dans une fureur noire. Ces saletés de crabes avaient mis en doute la puissance de Bandini le Surhomme ! Quelle mouche les avait donc piqués pour qu'ils soient si stupidement présomptueux ? Eh bien, ils allaient apprendre une leçon qu'ils n'oublieraient pas de sitôt. Ç'allait être leur dernière tentative de putsch, bon Dieu. Mes dents grinçaient à cette seule pensée — une nation de crabes en révolte. Quel toupet ! Dieu, j'étais fou de rage.

J'ai tiré jusqu'au moment où j'ai eu des crampes à l'épaule, une ampoule sur le doigt de la détente. J'en ai tué plus de cinq cents, blessé deux fois plus. Ils montaient vaillamment à l'attaque, pleins de colère et de peur à la vue des morts et des mourants qui s'effondraient dans leurs rangs. Ils m'assiégeaient. Ils grouillaient vers moi. D'autres arrivaient de la mer, d'autres encore sortaient de derrière les rochers, leur multitude avançait à travers la plaine pierreuse en direction de la mort dressée sur un roc escarpé, hors de portée.

J'ai réuni quelques blessés dans une mare pour tenir une conférence militaire, et j'ai décidé de les passer en cour martiale. Un à un, je les ai tirés de la mare, posés devant le pistolet, puis exécutés. Il y avait un crabe plein de vie et aux couleurs chatoyantes qui m'a fait penser à une femme : sans doute une princesse parmi les renégats, une courageuse crabesse gravement blessée — l'une de ses pattes était bousillée, un bras pendait piteusement. Ça m'a brisé le cœur. J'ai tenu une autre conférence et décidé que, vu l'extrême urgence de la situation, je ne pouvais procéder à aucune discrimination d'ordre sexuel. Même la princesse devait mourir. C'était désagréable, mais inéluctable.

Le cœur serré, je me suis agenouillé parmi les morts et les mourants, j'ai invoqué Dieu dans une prière en lui demandant de me pardonner le plus bestial des crimes pour un surhomme : l'exécution d'une femme. Pourtant, le devoir était le devoir, il fallait préserver l'ordre ancien, balayer la révolution, le régime devait survivre et les renégats périr. En privé, j'ai parlé pendant un certain temps à la princesse, lui transmettant en termes choisis les excuses du gouvernement Bandini et acceptant son ultime requête — elle voulait entendre une dernière fois *La Paloma* — air que je lui ai sifflé avec une si profonde émotion que je pleurais vers la fin. J'ai levé mon pistolet vers son beau visage et appuyé sur la détente. Elle est morte sur le coup et en pleine gloire, masse éclatée de carapace et de sang jaunâtre.

Par pur respect et admiration, j'ai ordonné qu'une pierre fût placée là où elle était tombée, cette sublime héroïne d'une des révolutions les plus inoubliables du monde, qui avait trouvé la mort pendant les sanglantes journées de juin du gouvernement Bandini. Une page grandiose de l'Histoire avait été tournée ce jour-là. J'ai fait le signe de croix au-dessus de la stèle, je l'ai respectueusement embrassée, j'ai senti la passion palpiter dans mon cœur, et j'ai baissé la tête pendant cette interruption momentanée des combats. Moments d'ironie. En un éclair, j'ai compris que j'avais aimé cette femme. Mais en avant, Bandini ! L'attaque a aussitôt repris. Peu après, j'ai abattu une autre femme. Elle n'était pas aussi gravement blessée, simplement en état de choc. Ma prisonnière s'est offerte à moi corps et âme. Elle m'a supplié de l'épargner. Alors j'ai ri comme un démon. C'était une créature exquise, rose et rougeâtre, mais seule la perspective inéluctable de sa mort m'a poussé à accepter son offre touchante. Là, sous le pont et dans les ténèbres, je l'ai meurtrie pendant qu'elle criait grâce. Riant toujours, je l'ai isolée puis mise en pièces tout en m'excusant de ma brutalité.

La tuerie s'est enfin interrompue quand la souffrance de mon œil s'est muée en migraine. Avant de partir, j'ai procédé à un ultime tour d'horizon. Les falaises miniatures étaient éclaboussées de sang. J'avais remporté un véritable triomphe, une formidable victoire. Je suis passé parmi les morts en leur chuchotant des paroles consolantes, car ils avaient beau s'être insurgés contre moi, mon esprit était noble, je les respectais et les admirais à cause du vaillant combat qu'ils avaient livré à mes légions. « La mort est sur vous », je leur ai dit. « Adieu, chers ennemis. Vous avez été braves dans la bataille, plus braves encore dans la mort, et le Führer Bandini n'a pas oublié vos prouesses. Il loue votre courage, même dans la mort. » A d'autres, je disais : « Adieu, pleutres. Je crache sur vous avec dégoût. Votre couardise répugne au Führer. Il abhorre les pleutres comme la peste. Ne sollicitez pas son pardon. Et que les marées lavent la terre de votre crime immonde, fourbes que vous êtes. »

Je suis remonté sur la route au moment précis où les sifflets de six heures ont retenti, et je me suis mis en route vers la maison. En haut de la rue, quelques gamins jouaient au ballon dans un terrain vague; je leur ai donné le pistolet et les munitions en échange d'un couteau de poche qui, selon l'un d'eux, valait trois dollars; mais il ne m'a pas roulé, car je savais que ce couteau ne valait pas plus de cinquante cents. Pourtant, comme je voulais me débarrasser du pistolet, j'ai accepté le marché. Ces gamins m'ont pris pour un crétin, mais je m'en battais l'œil.

Cinq

L'appartement sentait le graillon ; je les ai entendues parler dans la cuisine. Oncle Frank était là. Je suis entré, je lui ai dit bonjour et il m'a rendu la politesse. Il était assis avec ma sœur à la table de la cuisine. Ma mère était aux fourneaux. Cet homme de quarante-cinq ans aux tempes grises, aux gros yeux et aux narines poilues était le frère de ma mère. Il avait de jolies dents. Il était gentil. Il vivait seul dans une maison de l'autre côté de la ville. Il adorait Mona et sans cesse voulait faire des choses pour elle, mais elle acceptait rarement. Il nous donnait régulièrement de l'argent ; d'ailleurs, après la mort de mon père, il nous a quasiment entretenus pendant des mois. Il aurait voulu que nous habitions avec lui, mais j'étais contre, car il me parlait souvent de haut. Quand mon père est mort, il a payé la facture des pompes funèbres et même acheté une stèle pour la tombe, ce qui nous a surpris car il n'avait jamais pensé beaucoup de bien de mon père.

La cuisine débordait de nourriture. Il y

avait un grand panier plein de provisions par terre, le plan de travail était couvert de légumes. Nous avons eu droit à un dîner copieux. Ils ont fait toute la conversation. Pendant ce temps, les crabes grouillaient sur moi et dans ma nourriture. Je songeais à ces crabes qui vivaient sous le pont et qui cherchaient leurs morts dans les ténèbres. Il y avait ce crabe Goliath. Un combattant émérite. Je me suis rappelé sa merveilleuse personnalité ; il avait sans doute été le meneur de son peuple. Maintenant il était mort. Je me suis demandé si son père et sa mère cherchaient sa dépouille dans l'obscurité, j'ai pensé au désespoir de son amante, mais peut-être était-elle morte elle aussi. Goliath s'était battu en me fixant avec des yeux pleins de haine. Il avait fallu de nombreuses balles BB pour le tuer. C'était un grand crabe — le plus grand de tous les crabes contemporains, Princesse comprise. Le Peuple des Crabes devrait ériger un monument à sa mémoire. Mais était-il plus grand que moi ? Certainement pas. J'étais son conquérant. Songer que j'avais maté ce crabe puissant, le héros de son peuple ! La Princesse aussi — la plus pulpeuse crabesse du monde —, je l'avais trucidée. Ces crabes ne m'oublieraient pas de sitôt. S'ils conservaient une trace quelconque de leur Histoire, j'occuperais une place de choix dans leurs tablettes. Ils m'appelleraient même peut-être le Tueur Maléfique de la Côte Pacifique. Les petits crabes frémiraient en entendant le récit de leurs ancêtres, je frapperais leur esprit de terreur. Par la peur je régnerais ; malgré mon absence, je modifierais le cours de leur existence. Un jour, je deviendrais une légende de la mythologie crustacée. Il y aurait même sans doute quelques crabesses romantiques que fascinerait ma cruelle exécution de la Princesse. Elles feraient de moi leur dieu, certaines m'adoreraient en secret, nourriraient une passion pour moi.

Oncle Frank, ma mère et Mona parlaient sans arrêt. Ça sentait le complot. A un moment, Mona m'a regardé, et son regard disait : nous t'ignorons volontairement, car nous voulons que tu sois mal à l'aise ; mieux, après le repas, tu auras Oncle Frank sur les bras. Ensuite, Oncle Frank m'a adressé un sourire vague. J'ai compris que les ennuis n'allaient pas tarder.

Après le dessert, les femmes se sont levées, puis ont quitté la cuisine. Ma mère a fermé la porte. Toutes ces simagrées semblaient préméditées. J'ai compris qu'Oncle Frank allait passer aux choses sérieuses quand il a allumé sa pipe, écarté les assiettes et qu'il s'est penché vers moi. Il a retiré la pipe de sa bouche pour secouer son embout sous mon nez.

Il a dit : « Ecoute voir, espèce de sale fils de pute ; je savais pas que t'étais aussi voleur. Je te savais paresseux, mais bon Dieu, j'ignorais que t'étais une saleté de voleur à la manque. »

« Je ne suis pas un fils de pute », j'ai rétorqué.

« J'ai parlé avec Romero », il a dit. « Je sais ce que t'as fait. »

« Je vous préviens », j'ai répondu. « Je vous avertis catégoriquement et solennellement de renoncer à me traiter encore de fils de pute. »

« T'as volé dix dollars à Romero. »

« Votre présomption est colossale, impensable. Je renonce à comprendre comment vous avez l'audace de m'insulter en me traitant de fils de pute. »

Alors il a dit : « Voler de l'argent à son employeur ! Quel titre de gloire ! »

« Je vous le répète, et avec la plus grande sincérité, malgré votre âge et nos liens parentaux, je vous interdis positivement d'utiliser des termes aussi injurieux que " fils de pute " à mon propos. »

« J'ai un fainéant et un voleur pour neveu ! C'est dégoûtant. »

« Soyez donc avisé, mon cher oncle, que, puisque vous avez décidé de me qualifier de fils de pute, je n'ai d'autre alternative que de vous faire comprendre le ridicule de votre propre grossièreté. Bref, si je suis un fils de pute, il se trouve que vous-même êtes le frère d'une putain. Maintenant, riez si vous en avez le courage. »

« Romero aurait pu appeler la police. Je regrette qu'il l'ait pas fait. »

« Romero est un monstre, un absurde imposteur, un crapaud abruti. Ses accusations de piraterie m'égayent. Mais elles ne réussissent pas à m'émouvoir. Je dois donc vous rappeler une fois encore de modérer la spéciosité de vos obscénités. Je n'ai point l'habitude d'être insulté, même par un parent. »

« La ferme, petit crétin ! » il a dit. « Je te parle d'aut' chose. Que vas-tu faire maintenant ? »

« Il y a des myriades de possibilités. »

« Des myriades de possibilités ! » il a ricané. « Elle est pas mauvaise, celle-là ! De quoi diable parles-tu ? Des myriades de possibilités ! »

J'ai tiré quelques bouffées de ma cigarette, puis dit : « J'ai soupé des prolétaires de la race de Romero ; je compte désormais me consacrer à ma carrière littéraire. »

« Ta *quoi* ? »

« Mes projets littéraires. Ma prose. Je vais poursuivre mes efforts littéraires. Je suis écrivain, vous savez. »

« Ecrivain ! Depuis quand t'es écrivain ? C'est la meilleure. Vas-y, continue, mets-moi au parfum. »

Voici ce que je lui ai dit : « J'ai toujours eu l'instinct de l'écriture à l'état latent. Aujourd'hui, cet instinct traverse une métamorphose. Cette époque de transition est désormais révolue. Je suis sur le seuil de l'expression. »

« Couillonnades », il a fait.

J'ai sorti de ma poche mon calepin neuf, dont j'ai fait tourner les pages avec mon pouce. Je l'ai feuilleté si vite qu'il n'a rien pu lire, mais il a bien vu que les pages étaient couvertes de mon écriture. « Ce sont des notes », j'ai expliqué. « Des notes d'atmosphère. Je rédige actuellement un symposium socratique à propos du Port de Los Angeles depuis l'époque de la conquête espagnole. »

« Voyons voir ça », il a fait.

« Pas question. Pas avant publication. »

« La publication ! Baratineur ! »

J'ai rangé le calepin dans ma poche. Il puait le crabe.

« Ressaisis-toi et sois un homme », il a dit. « Ça rendrait heureux ton père là-haut. »

« Là-haut ? » j'ai demandé.

« Au Ciel. »

J'attendais ce moment.

« Le Ciel n'existe pas », j'ai explosé. « L'hypothèse du paradis est un pur instrument de propagande forgé par les nantis pour duper les pauvres. Je nie l'immortalité de l'âme. C'est la constante délusion d'une humanité aveugle. Je rejette catégoriquement l'hypothèse de Dieu. La religion est l'opium du peuple. Les églises devraient être transformées en hôpitaux ou en bâtiments d'utilité publique. Tout ce que nous sommes ou pourrons jamais espérer être, nous le devons au diable et à ses pommes de contrebande. Il y a soixante-dix-huit mille contradictions dans la Bible. Est-ce la parole de Dieu ? Non ! Je rejette Dieu ! Je le nie à coups d'imprécations sauvages et impitoyables ! J'embrasse l'universel sans-Dieu. Je suis un moniste ! »

« T'es cinglé », il a répondu. « Complètement dingue. »

« Vous ne me comprenez pas », j'ai répondu en souriant. « Mais cela ne me surprend guère. Je prévois les malentendus ; non, je m'attends en fait aux pires persécutions tout le long du chemin. C est fort bien ainsi. »

Il a vidé sa pipe et agité son doigt sous mon nez. « C' que tu dois faire, c'est arrêter de lire ces foutus livres ; arrête de voler, sois donc un homme et mets-toi au boulot. »

J'ai violemment écrasé ma cigarette. « Parlons-en des livres ! » je me suis écrié. « Que connaissez-vous aux livres ?! Vous ! *Ignoramus, Cretinus Americanus,* âne bâté, cul-terreux à la culture de putois. »

Il a continué de bourrer sa pipe tranquillement. J'ai rien ajouté parce que c'était à lui de parler. Il m'a observé un moment en pensant à quelque chose.

« J'ai un boulot pour toi », il a dit.

« Quel genre ? »

« J' sais pas encore. J' vais voir. »

« Un emploi doit s'accorder à mes talents. N'oubliez pas que je suis écrivain. J'ai subi une complète métamorphose. »

« J' me moque de c' qui t'est arrivé. Tu vas bosser. P't-être dans les conserveries de poissons. »

« Je ne connais rien aux conserveries de poissons. »

« Tant mieux », il a répondu. « Moins tu en connais, mieux ça vaut. Suffit d'avoir un dos solide et un esprit borné. Pour moi, tu possèdes l'un et l'autre. »

« Ce boulot ne m'intéresse pas », je lui ai dit. « Je préfère écrire de la prose. »

« De la prose — c'est quoi, la prose ? »

« Vous êtes un Babbitt bourgeois. Jamais vous ne saurez reconnaître une bonne prose. »

« J' devrais te casser la tête. »

« Essayez donc. »

« Espèce de sale petit connard. »

« Rustre américain. »

Il s'est levé, puis il a quitté la table avec des éclairs dans les yeux. Ensuite il a rejoint ma mère et Mona dans la pièce voisine, pour leur dire que nous étions arrivés à un accord et que désormais j'entamais un nouveau chapitre de mon existence. Il leur a donné de l'argent en conseillant à ma mère de ne pas s'inquiéter. Je suis allé lui dire bonsoir quand il est parti. Ma mère et Mona ont regardé mes yeux. Elles croyaient que j'arriverais de la cuisine en pleurs. Ma mère a posé ses mains sur mes épaules. Persuadée qu'Oncle Frank m'avait fait passer un sale quart d'heure, elle était douce et apaisante.

« Il t'a fait de la peine », elle a dit. « N'est-ce pas, mon pauvre garçon ? »

J'ai repoussé ses bras.

« Qui ? » j'ai fait. « Ce crétin ? Certainement pas ! »

« On dirait que tu as pleuré. »

Je suis allé dans la chambre pour examiner mes yeux dans le miroir. Ils étaient aussi secs que d'habitude. Ma mère m'a suivi, elle a essayé de les tamponner légèrement avec son mouchoir. Laissons-la faire, j'ai pensé.

« Puis-je te demander ce que tu fais ? » j'ai dit.

« Mon pauvre garçon ! Tout va bien maintenant. Tu es gêné. Je comprends. Maman comprend tout. »

« Mais je ne pleure *pas* ! »

Déçue, elle a tourné les talons.

Six

C'est le matin, l'heure de se lever, alors lève-toi, Arturo, et va chercher du boulot. Va chercher au-dehors ce que tu ne trouveras jamais. Tu es un voleur, un tueur de crabes, un amoureux des femmes dans les placards à vêtements. Tu ne trouveras jamais de travail !

Tous les matins je me levais avec cette conviction. Maintenant, faut que je trouve un boulot, bon dieu de bois. Je prenais mon petit déjeuner, glissais un livre sous mon bras, des crayons dans ma poche, et je sortais. Je descendais l'escalier, descendais la rue dans l'air chaud ou dans l'air froid, tantôt dans le brouillard et tantôt au soleil. C'était sans importance ; un livre sous le bras, je partais à la recherche d'un emploi.

Quel emploi, Arturo ? Ho ho ! Un emploi pour toi ? Pense donc à ce que tu es, mon garçon ! Tueur de crabes. Voleur. Par-dessus le marché, tu mates des femmes nues dans les placards à vêtements. Et tu comptes décrocher un emploi ! Quelle drôle d'idée ! Mais il s'obstine, cet imbécile, avec son gros livre. Où diable vas-tu, Arturo ? Pourquoi prends-tu cette rue, et pas celle-là ? Pourquoi marches-tu vers l'est — pourquoi pas vers l'ouest ? Réponds-moi, espèce de voleur ! Qui donnerait un boulot à un porc de ton acabit — qui ? Mais il y a un parc de l'autre côté de la ville, Arturo. Il s'appelle Banning Park. Il y a maints splendides eucalyptus et des pelouses bien vertes. Quel lieu idéal pour lire ! Vas-y, Arturo. Lis Nietzsche. Lis Schopenhauer. Entre dans la compagnie des puissants. Un emploi ? Pff ! Va donc t'asseoir sous un eucalyptus pour lire un bon livre et chercher du boulot.

Malgré tout, j'ai fait plusieurs tentatives de recherche d'emploi. Par exemple au magasin à quinze cents. Je suis longtemps resté sur le trottoir devant la vitrine pour regarder une pile de nougat aux cacahuètes. Puis je suis entré.

« Le directeur, s'il vous plaît. »

« Il est en bas », m'a dit la fille.

Je le connaissais. Il s'appelait Tracey. J'ai descendu les marches dures en me demandant pourquoi elles étaient si dures, et en bas j'ai aperçu M. Tracey. Il arrangeait le nœud de sa cravate jaune devant un miroir. Un brave homme, ce M. Tracey. Un goût admirable. Une cravate magnifique, des chaussures blanches, une chemise bleue. Un homme épatant : quel privilège de travailler pour un patron pareil. Il possédait quelque chose ; il avait l'*élan vital* (1). Ah, Bergson ! Quel grand écrivain, Bergson.

« Bonjour, Monsieur Tracey. »

(1) En français dans le texte.

« Hé, quesse tu veux ? »

« Je voulais vous demander — »

« Nous avons des formulaires pour ça. Mais ça te servira à rien. Nous sommes au complet. »

J'ai donc remonté les marches dures. Quelles marches curieuses ! Si dures, si précises ! Sans doute une nouvelle invention des fabricants d'escaliers. Ah, l'humanité ! Où vas-tu chercher tout ça ? Le progrès. Je crois en la réalité du Progrès. Ce Tracey. Cet infect salopard de fils de pute de mes deux ! Lui et son ignoble cravate jaune, debout devant le miroir comme un foutu singe : ce Babbitt bourgeois timoré. Une cravate jaune ! Voyez-vous ça. Oh, il ne m'a pas bourré le mou. Je connais une chose ou deux à propos de cet olibrius. Un soir que j'étais au port, je l'ai vu. Je n'ai rien dit, mais je l'ai vu dans sa voiture, obèse et gavé comme un gros porc, avec une fille assise à côté de lui. J'ai vu ses grosses dents au clair de lune. Il était vautré sur son siège, ce crétin à trente dollars la semaine, cet immonde salopard de Babbitt à grosse bedaine avec une fille à côté de lui, une souillon, une salope, une traînée assise à côté de lui, une femelle visqueuse. Entre ses doigts boudinés, il tenait la main de la gueuse. Il semblait tout émoustillé à sa façon porcine, ce gros salopard, cet infect rat puant à trente dollars la semaine, avec ses grosses dents qui scintillaient au clair de lune, sa grosse panse coincée contre le volant, ses yeux sales où brillaient des idées sales d'amour salace. Non, ce soir-là, j'avais vu clair dans son jeu ;

et il n'était pas près de me berner. Il pouvait berner sa gueuse, mais pas Arturo Bandini. D'ailleurs, en aucun cas Arturo Bandini ne consentirait à travailler pour lui. Et un jour viendrait où l'on remettrait les pendules à l'heure. Alors il pourrait bien me supplier, avec sa cravate jaune traînant dans la poussière, il pourrait prier Arturo Bandini, supplier le grand Arturo d'accepter un emploi, mais Arturo Bandini lui décocherait fièrement un bon coup de pied dans le ventre et le regarderait se tordre dans la poussière. Il paierait, il paierait !

Je me suis dirigé vers l'usine Ford. Et pourquoi pas ? Ford a besoin d'hommes. Bandini à la Ford Motor Company. Une semaine dans un département, trois semaines dans un autre, un mois dans un troisième, six mois dans un quatrième. Et au bout de deux ans, je serais directeur général de la Division Occidentale.

Le bitume de la nouvelle route serpentait à travers le sable blanc ; l'oxyde de carbone empestait l'air. Il y avait des herbes brunes et des sauterelles dans le sable. Des fragments de coquillages scintillaient dans les herbes. C'était un paysage façonné par l'homme, plat et bouleversé, cabanes de bois brut, tas de planches, de boîtes de conserve, puits de pétrole, stands de hot-dogs, marchands de fruits et des deux côtés de la route des vieillards qui vendaient du pop-corn. Au-dessus des têtes, les lourds câbles téléphoniques émettaient un bourdonnement audible pendant les accalmies de la circulation. Du lit boueux du canal montait la puanteur subtile du pétrole, des ordures et d'étranges marchandises.

Je marchais sur la route avec les autres. Ils faisaient de l'auto-stop. C'étaient des mendiants aux pouces métronomiques et aux sourires piteux; ils quémandaient les miettes de l'industrie automobile. Pas la moindre fierté. Mais pas moi — pas Arturo Bandini aux jambes véloces. Ces simagrées n'étaient pas pour lui. Que ces voitures passent donc! Qu'elles foncent à cent quarante à l'heure en emplissant mes poumons de leurs gaz d'échappement. Un jour, tout cela changerait. Vous tous, les conducteurs aventurés sur cette route, vous allez payer. Je refuserais de monter dans vos voitures, même si vous en sortiez pour me supplier, même si vous me faisiez don de votre véhicule, sans la moindre responsabilité ni obligation de ma part. Plutôt crever sur cette route. Mais mon jour viendra, et alors vous lirez mon nom inscrit au firmament. Alors vous verrez de quel bois je me chauffe! Je n'agite pas le bras en tendant le pouce comme les autres : ne vous arrêtez surtout pas. Jamais! Mais vous ne perdez rien pour attendre.

Pas un seul ne s'est arrêté pour me faire monter dans sa voiture. Ce gars, là-bas, il a tué des crabes. Le prenez surtout pas en stop. Il a un faible pour les dames en papier glacé au fond des placards à vêtements. Voyez-vous ça. Le laissez pas monter dans votre voiture, ce Frankenstein, ce crapaud de caniveau, cette veuve noire, ce serpent, ce chien, ce rat, ce crétin, ce monstre, ce demeuré. Pas une seule voiture ne s'est arrêtée; très bien — et alors? Je m'en contrefous! Allez au diable, tous autant que vous êtes! Ça me convient parfaitement. J'adore marcher sur ce don de Dieu que sont mes jambes, et pour marcher je vais marcher. Comme Nietzsche. Comme Kant. Emmanuel Kant. Que savez-vous d'Emmanuel Kant? Bande de crétins avec vos Chevrolets et vos V-8!

Une fois arrivé à l'usine, je me suis mêlé aux autres. Ils se déplaçaient en foule dense devant une estrade verte. Des visages aux traits tirés, des visages froids. Et puis un homme est arrivé. Pas de travail aujourd'hui, les gars. Il y avait seulement un boulot ou deux, si on savait peindre, si on connaissait les transmissions, si on avait de l'expérience, si on avait déjà travaillé à l'usine de Detroit.

En tout cas, il n'y avait pas de travail pour Arturo Bandini. Je l'ai compris tout de suite, de façon à ne pas leur donner le plaisir de me refuser. J'étais amusé. Ce spectacle, tous ces hommes regroupés devant une estrade, ça m'a amusé. Je suis ici pour une raison bien spéciale, monsieur : une mission de confiance pour ainsi dire, j'enquête en vue d'un rapport. Le Président des Etats-Unis d'Amérique m'a envoyé. Franklin Delano Roosevelt m'a envoyé ici. Frank et moi — on est comme cul et chemise! Dis-moi comment ça se passe sur la Côte Pacifique, Arturo; envoie-moi des faits et des chiffres de première main; fais-moi savoir, avec tes mots, ce que pensent les masses là-bas.

J'étais donc spectateur. La vie est une scène de théâtre. Le drame se joue ici, mon vieux Franklin, mon vieux pote, ma vieille branche ; voici le sombre drame qui se trame dans le cœur des hommes. Je vais avertir immédiatement la Maison-Blanche. Un télégramme codé pour Franklin. Frank, agitation sur la Côte Pacifique. Conseille envoyer vingt mille hommes armés. Population terrorisée. Situation critique. Usine Ford en ruine. Prends personnellement la situation en main. Ici ma parole fait loi. Ton vieux copain, Arturo.

Il y avait un vieux type appuyé contre le mur. Son nez dégoulinait jusqu'au bout de son menton, mais il semblait ravi sans même s'en apercevoir. J'ai trouvé ça amusant. Très amusant, ce vieux. Penser à noter ça pour Franklin ; il adore les anecdotes. Cher Frank, tu serais mort de rire si tu avais vu ce vieux ! Comme Franklin rigole et glousse en répétant ça aux membres de son cabinet. Dites, les gars, vous connaissez la dernière de mon pote Arturo, sur la Côte Pacifique ? Je me baladais de-ci de-là, authentique étudiant de l'humanité, philosophe, je passais devant le vieux au nez en capilotade. Le philosophe de passage en Occident contemple les activités humaines.

Le vieux souriait à sa manière, je souriais à la mienne. Je le regardais et il me regardait. Sourire. Il ne savait évidemment pas qui j'étais. Il me confondait sans doute avec le reste du troupeau. Très amusant, tout ça, formidable de voyager incognito. Deux philosophes échangeant rêveusement un sourire en contemplant le sort de l'homme. Il était sincèrement amusé, son vieux nez coulait, ses yeux bleus scintillaient d'un rire paisible. Il portait une salopette bleue qui couvrait complètement son corps. Autour de sa taille, j'ai aperçu une ceinture dénuée de la moindre utilité apparente, accessoire inutile, une ceinture qui ne soutenait rien, pas même son ventre, car il était maigre. Peut-être une sorte de clin d'œil, une plaisanterie destinée à le faire rire quand il s'habillait le matin.

Un sourire plus large encore a rayonné sur son visage ; il m'invitait à le rejoindre pour lui faire part de mes pensées si je le désirais. Lui et moi, nous étions des âmes sœurs, sans nul doute il perçait à jour mon déguisement, reconnaissait un esprit profond et puissant, un individu qui sortait du troupeau.

« Pas grand-chose, aujourd'hui », j'ai dit. « La situation me paraît chaque jour plus critique. »

Ravi, il opina du chef ; son vieux nez coulait superbement. Un Platon enrhumé. Un très vieil homme âgé de quatre-vingts ans peut-être, avec un dentier, une peau semblable à un vieux godillot, une absurde ceinture et un sourire de philosophe. La masse sombre des hommes s'écoulait autour de nous.

« Des moutons ! » j'ai dit. « Hélas, ce sont des moutons ! Victimes de la pudibonderie et du système américain, vils esclaves des bandits capitalistes. Des esclaves, je vous dis ! Je n'accepterais pas le moindre boulot dans cette usine, même si on me l'offrait sur un plateau ! Travailler pour ce système et perdre son âme ? Non merci. A quoi bon gagner le monde entier si l'on doit, du même coup, y perdre son âme ? »

Il acquiesçait, souriait, opinait, réclamait la suite. Je me suis échauffé. Mon sujet préféré. Les conditions de travail à l'époque de la machine, le pain bénit d'une œuvre future.

« Des moutons, je vous dis ! Un vrai troupeau de moutons bêlants ! »

Ses yeux se sont illuminés. Il a sorti une pipe, qu'il a allumée. Sa pipe empestait. Quand il l'a retirée de sa bouche, la morve de son nez est restée collée dessus. Il l'a essuyée avec son pouce, puis a frotté son pouce contre sa jambe. Il n'a pas pris la peine de s'essuyer le nez. On ne perd pas son temps à ça quand Bandini parle.

« Cela m'amuse », j'ai repris. « Ce spectacle a pour moi une valeur inestimable. Des moutons qui se font tondre l'âme. Un spectacle rabelaisien. Je ne peux que rire. » Et j'ai ri jusqu'à plus soif. Lui aussi riait en se frappant les cuisses, poussant des cris suraigus au point que ses yeux se sont emplis de larmes. C'était un homme selon mon cœur, un homme universel et sans aucun doute cultivé malgré sa salopette et son absurde ceinture. De sa poche, il a sorti un calepin et un crayon, puis il a écrit sur le calepin. Maintenant j'en étais certain : lui aussi était écrivain, bien sûr ! J'avais percé à jour son secret. Quand il a eu fini d'écrire, il m'a tendu le calepin.

J'ai lu : S'il vous plaît, écrivez ici. Je suis sourd comme un pot.

Non, il n'y avait pas de travail pour Arturo Bandini. Je suis parti le cœur léger, content de ne pas bosser. Je suis rentré à pied, en regrettant de ne pas avoir un avion, un million de dollars, et que les coquillages de l'océan ne soient pas des diamants. Je vais aller au parc. Je ne suis pas encore un mouton. Lis Nietzsche. Sois un surhomme. *Ainsi parlait Zarathoustra.* Oh, ce Nietzsche ! Ne sois pas un mouton, Bandini. Conserve la sainteté de ton esprit. Va dans le parc et lis le maître sous les eucalyptus.

Sept

Un matin, au réveil, j'ai eu une idée. Une idée fumante, grosse comme une maison. La plus grande idée de ma vie, un vrai chef-d'œuvre. J'allais trouver un boulot de veilleur de nuit dans un hôtel — voilà mon idée. Cela me donnerait l'occasion de lire et de travailler en même temps. J'ai sauté au bas de mon lit, avalé mon petit déjeuner, puis descendu l'escalier six à six. Sur le trottoir, je me suis arrêté quelques secondes pour ruminer mon idée. Le soleil brûlait la rue, arrachait de mes yeux les derniers lambeaux de sommeil. Bizarre. Maintenant que j'étais bien réveillé, mon idée ne me semblait plus aussi géniale ; c'était simplement l'une de ces idées qui naissent dans le demi-sommeil. Un rêve, un simple rêve, un délire fumeux. Je ne pouvais pas trouver de boulot de veilleur de nuit dans cette ville portuaire, pour cette simple raison qu'aucun hôtel n'employait de veilleur de nuit. Déduction mathématique assez élémentaire. J'ai donc remonté l'escalier jusqu'à notre appartement et je me suis assis.

« Pourquoi es-tu sorti en courant ? » a demandé ma mère.

« Pour prendre de l'exercice. Muscler mes jambes. »

Le brouillard a envahi les jours. Les nuits étaient des nuits et rien de plus. Les journées étaient toutes semblables, le soleil doré jetait ses derniers feux avant de mourir. J'étais toujours seul. J'avais du mal à me rappeler semblable monotonie. Les jours refusaient de bouger. Ils se dressaient comme des stèles grises. Le temps s'écoulait lentement. Deux mois ont ainsi rampé.

J'étais toujours dans le parc. J'y ai lu cent livres. Il y avait Nietzsche et Schopenhauer et Kant et Spengler et Strachey et d'autres encore. Oh Spengler ! Quel livre ! Quel poids ! Aussi lourd que le Bottin de Los Angeles. Jour après jour je le lisais sans rien y comprendre ; d'ailleurs je me moquais de le comprendre ; je le lisais simplement parce que j'aimais tous ces mots rugissants qui défilaient de page en page avec de sombres grondements mystérieux. Et Schopenhauer ! Quel écrivain ! Pendant des jours je l'ai lu sans discontinuer, en me souvenant d'un passage çà et là. Et puis, quelles tirades sur les femmes ! J'étais totalement d'accord. Exactement les mêmes idées que Schopenhauer à propos des femmes. Ah, quel écrivain !

Un jour, je lisais dans le parc. J'étais allongé sur la pelouse. Il y avait de petites fourmis noires parmi les brins d'herbe. Elles me regardaient, elles cavalaient sur les pages de mon livre, certaines se demandaient ce que je faisais, d'autres s'en moquaient et passaient leur chemin. Elles sont remontées le long de ma jambe en se perdant dans la jungle de mes poils bruns ; alors j'ai relevé mon pantalon et je les ai tuées avec mon pouce. Elles faisaient l'impossible pour s'échapper, plongeant frénétiquement dans les fourrés, s'immobilisant parfois pour faire le mort, mais malgré tous leurs simulacres aucune n'a pu fuir la puissance de mon pouce. Quelles fourmis stupides ! Fourmis bourgeoises ! Elles osaient essayer de duper un être dont l'esprit se nourrissait de Spengler, de Schopenhauer et des grands maîtres ! C'était leur destinée — le Déclin de la Civilisation des Fourmis. Ainsi lisais-je en trucidant les fourmis.

Il s'agissait d'un livre intitulé *Juifs désargentés*. Quel livre ! Quelle mère dans ce livre ! Mes yeux ont quitté la mère imprimée et découvert devant moi sur la pelouse, qui portait de vieilles chaussures dingues, une femme avec un panier dans les bras.

C'était une bossue au sourire angélique. Elle souriait tendrement à tout ce qu'elle voyait ; elle ne pouvait s'en empêcher ; elle souriait aux arbres, à moi, à l'herbe, à n'importe quoi. Son panier la tirait vers le sol. C'était une femme minuscule au visage blessé, comme si on la giflait depuis une éternité. Elle portait un drôle de vieux chapeau, un chapeau absurde, affolant, un chapeau pour me faire pleurer, un chapeau avec des baies rouge passé fixées au bord. Elle était donc là, souriant de droite et de gauche, se bagarrant avec le gazon, portant dans les bras un lourd panier qui contenait Dieu sait quoi, et sur la tête un chapeau à plumes décoré de baies rouges.

Je me suis levé. C'était tellement mystérieux. Magiquement, je me suis retrouvé debout, les pieds fermement plantés dans le sol, les yeux humides.

« Laissez-moi vous aider », j'ai dit.

Elle a encore souri et m'a donné son panier. Nous avons commencé de marcher. Moi derrière elle. Au-delà des arbres il faisait étouffant. Et elle souriait. Son visage était si tendre qu'elle a failli me briser le cœur. Elle parlait, elle me racontait des choses que j'oubliais aussitôt. C'était sans importance. Elle m'enfermait dans un rêve, et je la suivais dans ce rêve sous le soleil aveuglant. Nous avons traversé des rues et des rues. J'espérais que cela ne s'arrêterait jamais. Sans discontinuer, elle parlait d'une voix basse qui était musique humaine. Quels mots ! Quelles phrases ! Je ne me souviens de rien. J'étais seulement heureux. Mais dans mon cœur je mourais. C'était inéluctable. Nous avons descendu tant de trottoirs, je me demandais pourquoi elle ne s'asseyait pas sur l'un d'eux pour prendre ma tête entre ses mains pendant que mon esprit s'envolerait. C'était un miracle qui ne se reproduirait plus de mon vivant.

Cette vieille femme au dos voûté ! Vieille femme, je ressens si joyeusement ta douleur. Demande-moi un service, vieille femme magnifique ! N'importe quoi. Mourir est facile. Grâce à toi. Pleurer aussi est facile, relève ta jupe, laisse-moi pleurer et que mes larmes lavent tes pieds pour que tu saches que je comprends ce que la vie t'a fait subir, car mon dos aussi est voûté, mais mon cœur est intact, mes larmes sont délicieuses, mon amour t'appartient, je veux t'offrir la joie que Dieu t'a refusée. Mourir est si aisé, je te donne volontiers ma vie si tu la désires, à toi, vieille femme ; et pour toi qui m'as tant blessé, je ferais n'importe quoi, je mourrais pour toi, le sang de mes dix-huit ans coulera dans les caniveaux de Wilmington puis se diluera dans la mer, uniquement pour toi, pour que tu connaisses la joie qui est aujourd'hui la mienne et que tu puisses te redresser, défaire l'horreur de cette bosse.

J'ai laissé la vieille femme à sa porte.

Les arbres miroitaient. Les nuages riaient. Le ciel bleu m'aspirait. Où suis-je ? Ceci est-il vraiment Wilmington, en Californie ? Ne suis-je pas déjà venu ici ? Une mélodie a entraîné mes pieds. L'air a jailli en emportant Arturo, le gonflant et le dégonflant, faisant de lui tout et rien. Mon cœur riait sans cesse. Adieu à Nietzsche, à Schopenhauer et à vous tous, insensés, je suis beaucoup plus grand que vous ! La musique du sang coulait dans mes veines. Allait-elle durer ? Elle ne pouvait durer. Je dois me hâter. Mais pour aller où ? Alors j'ai couru vers la maison. Maintenant je suis à la maison. J'ai laissé mes livres dans le parc. Qu'ils aillent au diable. Désormais je refuse les livres. J'ai embrassé ma mère. Je l'ai serrée passionnément contre moi. Je suis tombé à genoux pour embrasser ses pieds, étreindre ses chevilles au point de lui faire mal, et tout le temps elle se demandait si c'était bien moi.

« Pardonne-moi », je lui ai dit. « Pardonne-moi, pardonne-moi. »

« Toi ? » elle a demandé. « Certainement. Mais pourquoi ? »

Ah ! Quelle femme stupide ! Comment aurais-je pu savoir pourquoi ? Ah ! Quelle mère ! La magie s'est évanouie. Je me suis relevé. Je me sentais idiot. Le corps couvert de sueur froide, j'ai rougi. Que se passait-il ? Je n'en savais rien. Le fauteuil. Je l'ai repéré à l'autre bout de la pièce, et m'y suis assis. Mes mains. Elles me barraient le passage ; mains stupides ! Saletés de mains ! Je leur ai fait quelque chose, je crois que je les ai repoussées. Ma respiration. Elle sifflait à cause de l'horreur, de la peur. Mon cœur. Il ne déchirait plus ma poitrine ; au contraire, il rétrécissait, s'enfonçait au plus profond des ténèbres de ma poitrine. Ma mère. Elle m'observait, paniquée, craignant de parler, me prenant pour un fou.

« Qu'y a-t-il ? Arturo ! Que se passe-t-il ? »

« Ça te regarde pas. »

« Veux-tu que j'appelle un médecin ? »

« Jamais de la vie. »

« Tu es si bizarre. Tu es blessé ? »

« Me parle pas. Je pense. »

« Mais qu'y a-t-il ? »

« Tu comprendrais pas. Tu es une femme. »

Huit

Les jours filaient. Une semaine a passé. Chaque après-midi, Miss Hopkins était à la bibliothèque ; elle flottait sur ses jambes blanches parmi les plis de ses robes amples dans une atmosphère de livres et de fraîches pensées. J'observais. Comme un faucon. Aucun de ses gestes ne m'échappait.

Alors un grand jour est arrivé. Quel jour ç'a été !

Dissimulé dans la pénombre des étagères obscures, je l'observais. Debout derrière son bureau comme un soldat, elle tenait un livre, les épaules baissées, le visage si doux et si grave, et ses yeux gris suivaient le sentier battu des lignes imprimées. Mon regard était si intense et affamé qu'elle a sursauté. Elle a soudain levé les yeux et blêmi en percevant la proximité d'une horrible menace. Je l'ai vue humecter ses lèvres, puis je me suis retourné. Un peu plus tard, je l'ai encore regardée. C'était magique. Elle a frissonné, jeté des regards gênés autour d'elle, passé ses longs doigts sur sa gorge, soupiré, puis repris sa lecture. J'ai laissé quelques secondes s'écouler, puis je l'ai encore regardée. Elle tenait toujours son livre. Mais qu'était ce livre ? Je l'ignorais, mais savais en revanche que je devais l'avoir pour que mes yeux suivent le chemin que ses yeux avaient suivi avant moi.

Dehors c'était le soir, le soleil jetait de l'or sur le sol. Ses jambes blanches silencieuses comme des fantômes ont traversé la bibliothèque vers les fenêtres, et elle a relevé les stores. Dans sa main droite se balançait ce livre qui frottait contre sa robe tandis qu'elle marchait, il touchait ses mains, les immortelles mains blanches de Miss Hopkins, pressé contre la chaude douceur blanche de ses doigts serrés.

Quel livre ! Je devais avoir ce livre ! Seigneur, je le désirais pour le tenir, l'embrasser, l'écraser contre ma poitrine, ce livre tout droit sorti de ses mains, et qui portait peut-être encore la marque même de ses doigts chauds. Qui sait ? Peut-être transpire-t-elle des doigts en lisant ? Magnifique ! Alors sa marque est sur le papier. Je dois l'avoir. J'attendrai ce qu'il faudra. Moyennant quoi j'ai attendu jusqu'à sept heures en observant comment elle tenait son livre, l'exacte position de ses merveilleux doigts si minces et blancs, légèrement à l'écart de la reliure du dos, à deux centimètres du bas, son parfum pénétrant sans doute ces pages et les parfumant à mon intention.

Enfin, elle l'a terminé. Elle l'a porté vers les étagères, puis rangé au rayon des biographies. Je me suis approché lentement ; je cherchais un livre à lire, quelque chose pour stimuler mon esprit, peut-être une biographie moderne, la vie d'un grand personnage, pour m'inspirer, rendre mon existence sublime.

Ah, le voilà ! Le plus beau livre que j'aie jamais vu, plus gros que tous les autres du même rayon, un livre parmi les livres, la reine incontestée de la biographie, la princesse de la littérature — le livre à reliure bleue. *Catherine d'Aragon.* C'était donc ça ! Une reine lit la vie d'une autre reine — quoi de plus normal ? Et puisque ses yeux gris avaient cheminé le long de ces lignes, les miens ne tarderaient pas à leur emboîter le pas.

Je dois l'avoir, mais pas aujourd'hui. Demain je viendrai, oui, demain. Alors l'autre bibliothécaire, la grosse laide, sera là. Alors il sera à moi, rien qu'à moi. Mais en attendant cette heure bénie, j'ai caché le livre derrière d'autres pour que personne ne puisse le prendre pendant mon absence.

Le lendemain, je suis arrivé de bonne heure : à neuf heures pile. Catherine d'Aragon, une femme merveilleuse, la Reine d'Angleterre, la compagne de lit d'Henry VIII — cela, je le savais déjà. Sans nul doute, Miss Hopkins avait découvert dans ce livre la vie intime de Catherine et d'Henry. Ces passages traitant de l'amour — ont-ils ravi Miss Hopkins ? Son dos a-t-il frissonné ? A-t-elle respiré plus fort, sa poitrine s'est-elle gonflée, une mystérieuse démangeaison a-t-elle agacé ses doigts ? Bien sûr que oui, et qui sait ? Elle a peut-être même hurlé de joie et senti un étrange bouleversement au tréfonds de son être, l'appel de la féminité. Oui, aucun doute là-dessus. Quelle merveille, quelle beauté à méditer longuement. J'ai donc tendu le bras vers le livre, puis je l'ai pris à deux mains. Voilà ! Dire qu'hier seulement elle l'avait tenu entre ses doigts chauds, et qu'aujourd'hui il était mien. Merveilleux. Un acte du destin. Un miracle de succession. Quand nous serons mariés, j'en parlerai à Miss Hopkins. Nous serons allongés nus au lit, j'embrasserai ses lèvres, j'aurai un léger rire de triomphe et je lui dirai que j'ai vraiment commencé de l'aimer le jour où je l'ai vue lire certain livre. Et je rirai encore, mes dents blanches scintilleront, mes yeux noirs romantiques jetteront des éclairs, et je lui avouerai enfin la vérité de mon éternel et brûlant amour. Alors elle se serrera contre moi, ses beaux seins plantureux et blancs toucheront mon buste, et les larmes ruisselleront sur son visage tandis que je l'emporterai sur d'interminables vagues d'extase. Quelle journée !

J'ai approché le livre de mes yeux en cherchant la trace de ses doigts blancs à deux centimètres du bas de la reliure. Il y avait bel et bien des empreintes digitales Elles appartenaient peut-être à d'autres, mais pour moi c'étaient celles de Miss Hopkins. Je les ai embrassées en marchant vers le parc, en fait je les ai tellement embrassées qu'elles se sont toutes brouillées pour former une tache bleue humide tandis que je goûtais sur mes lèvres la saveur douceâtre de la teinture bleue. Dans le parc j'ai rejoint mon endroit préféré et je me suis mis à lire.

Près du pont, j'avais aménagé un sanctuaire de brindilles et de tiges d'herbe. C'était le trône de Miss Hopkins. Ah, si elle connaissait son existence ! Mais en ce moment elle était chez elle à Los Angeles, loin du lieu du rituel et incapable de l'imaginer.

J'ai rampé jusqu'au sanctuaire au bord de l'étang des lis fréquenté par les scarabées et les sauterelles, et j'ai attrapé un criquet. Un criquet noir, gros et bien bâti, plein d'énergie électrique. Il restait là dans ma main, ce criquet, et il était moi, oui le criquet noir était devenu Arturo Bandini et il ne méritait pas la belle princesse blanche ; allongé sur le ventre, je l'ai regardé se promener sur la reliure qu'avaient touchée les doigts blancs et sacrés ; lui aussi se délectait de la saveur douceâtre de teinture bleue. Alors il a essayé de s'échapper. D'un bond, il s'est éloigné. J'ai dû lui briser les pattes. Il n'y avait absolument rien d'autre à faire.

Je lui ai dit : « Bandini, je suis navré. Mais je ne peux me soustraire à mon devoir. La Reine l'ordonne — la Reine bien-aimée. »

Il s'est mis à ramper maladroitement sans bien comprendre ce qui venait de se passer. O belle et blanche Miss Hopkins, observez ! O reine de tous les cieux et de la terre, observez ! Je rampe à vos pieds, malheureux criquet noir, lâche, indigne de m'élever au rang de l'humanité. Ci-gît le ridicule criquet noir aux pattes brisées, moi-même prêt à mourir pour vous; que dis-je — je meurs déjà. Ah! Réduisez-moi en cendres! Accordez-moi une forme nouvelle! Faites de moi un homme! Soufflez ma vie pour la gloire de l'amour éternel et la blancheur adorable de vos jambes!

J'ai alors tué le criquet noir, après lui avoir poliment fait mes adieux, en l'écrasant entre les pages de *Catherine d'Aragon;* son pauvre, misérable, indigne corps noir a craqué, explosé d'extase et d'amour dans le petit sanctuaire sacré dédié à Miss Hopkins.

Mais voyez! Un miracle : de la mort a jailli la vie éternelle. La résurrection de la vie. Le criquet avait quitté ce monde, mais la puissance de l'amour s'était manifestée, et j'étais de nouveau moi-même, non plus criquet, mais Arturo Bandini; et l'orme qui se dressait là-bas était Miss Hopkins. Je me suis agenouillé devant lui, mes bras ont enlacé son tronc, je l'ai embrassé d'un amour éternel, arrachant son écorce avec mes dents et la recrachant sur le gazon.

Je me suis retourné pour m'incliner vers les buissons qui poussaient en bordure de l'étang. Ils applaudissaient à tout rompre, se balançaient de droite et de gauche, hurlaient de joie et de plaisir vers la scène, réclamant même que j'emporte Miss Hopkins sur mes épaules. J'ai refusé catégoriquement; puis, à l'aide de clins d'œil complices et de gestes suggestifs je leur ai expliqué pourquoi; tout simplement, la belle reine blanche ne voulait pas se faire porter, elle voulait se faire baiser. Ils éclatèrent alors de rire, convaincus que j'étais le plus grand amant et le plus valeureux héros qui eût jamais visité leur beau pays.

« Vous comprenez, mes amis. La reine et moi préférons être seuls. Nous avons encore beaucoup de choses à faire ensemble — si vous voyez ce que je veux dire. »

Rires et applaudissements frénétiques dans les buissons.

Neuf

Un soir, mon oncle est passé à l'improviste. Il a donné de l'argent à ma mère. Il ne pouvait pas rester longtemps. Il a dit qu'il avait de bonnes nouvelles pour moi. J'ai voulu en savoir plus long. Un boulot, il m'a répondu. Enfin il m'avait trouvé un boulot. Je lui ai rétorqué que ce n'était pas forcément une bonne nouvelle, car je ne savais pas quel genre de boulot il m'avait trouvé. Là-dessus, il m'a dit de la boucler, puis il m'a parlé du boulot.

Il a dit : « Mets ça dans ta poche et dis au type que tu viens de ma part. »

Il m'a tendu une feuille de papier où il avait déjà écrit quelque chose.

« Je lui ai parlé aujourd'hui », il a ajouté. « Tout est réglé. Fais c' qu'on te dit, raconte pas de conneries, et tu seras comme un coq en pâte. »

« Evidemment », j'ai fait. « N'importe quel paranoïaque peut travailler dans une conserverie. »

« On verra bien », a conclu mon oncle.

Le lendemain matin, j'ai pris le bus pour

aller au port. Les bassins étaient seulement à sept rues de notre maison, mais comme j'allais travailler, je me suis dit qu'il valait mieux ne pas me fatiguer en marchant. La *Soyo Fish Company* s'élevait du canal comme un cadavre de baleine noire. La vapeur sortait des tuyaux et des fenêtres.

Une fille était assise dans le premier bureau. C'était un bureau bizarre. La fille était assise à une table où il n'y avait ni papiers ni crayons. Laide, avec un nez en forme de bec, elle portait des lunettes et une jupe jaune. Installée devant cette table vide, elle ne faisait strictement rien, il n'y avait pas de téléphone, même pas un stylo devant elle.

« Bonjour », j'ai dit.

« Pas de paroles superflues », elle m'a rétorqué. « Qui voulez-vous voir ? »

Je lui ai dit que je voulais voir un certain Shorty Naylor. J'avais une lettre pour lui. Elle a voulu savoir ce qu'il y avait dans la lettre. Je lui ai donné la feuille de papier et elle l'a lue. « Pour l'amour du ciel », elle a dit. Puis elle m'a demandé d'attendre une minute. Elle s'est levée, puis est sortie. A la porte, elle s'est retournée pour me dire : « Ne touchez à rien, je vous prie. » Je lui ai répondu que c'était hors de question. Quand j'ai regardé autour de moi, j'ai remarqué qu'il n'y avait rien à toucher. Dans un angle, par terre, j'ai avisé une boîte de sardines fermée. Je n'ai rien vu d'autre dans cette pièce, à l'exception de la table et de la chaise. Elle est cinglée, j'ai pensé ; sûrement un cas de *dementia praecox.*

Pendant que j'attendais son retour, j'ai senti quelque chose. La puanteur de l'air a contracté mon estomac. Elle faisait remonter mon estomac dans ma gorge. Je me suis appuyé contre le mur en sentant comme un appel d'air qui aspirait mon estomac. J'ai commencé d'avoir peur. Je me croyais dans un ascenseur qui descend trop vite.

Alors la fille est revenue. Elle était seule. Pourtant non — elle n'était pas seule. Derrière elle, invisible jusqu'au moment où elle s'est écartée, un petit homme est entré. C'était Shorty Naylor. Il était beaucoup plus petit que moi et très mince. Ses clavicules saillaient. Sa bouche ne contenait aucune dent digne d'être mentionnée, sinon deux ou trois qui étaient pires que rien. Ses yeux évoquaient des huîtres décaties posées sur une feuille de papier. Du jus de tabac séché encroûtait les commissures de ses lèvres comme du chocolat. Il avait tout du rat aux aguets. Son visage était si gris qu'on eût juré qu'il n'avait jamais mis les pieds au soleil. Il n'a pas regardé mon visage, seulement mon ventre. Je me suis demandé ce qui l'intéressait. J'ai baissé les yeux vers ma ceinture. Il n'y avait rien de spécial, simplement un ventre, pas plus gros que d'habitude et totalement indigne du moindre commentaire. Il a pris la lettre de mes mains. Ses ongles étaient rongés jusqu'à la racine. Il a lu la lettre d'un air agacé, ennuyé, puis il l'a froissée et fourrée dans sa poche.

« On paie vingt-cinq cents de l'heure », il a dit.

« C'est absurde et malhonnête. »

« C'est comme ça. »

Assise sur la table, la fille nous regardait. Elle souriait à Shorty. J'ai subodoré une mauvaise plaisanterie. Pourtant, je ne trouvais pas ça drôle. J'ai haussé les épaules. Shorty se préparait à rejoindre la porte par laquelle il était entré.

« La paie importe peu », j'ai dit. « La raison de ma venue est d'un ordre tout à fait différent. Je suis écrivain. J'interprète le paysage américain. Mon but en l'occurrence n'est pas de gagner de l'argent, mais de réunir des informations pour mon prochain livre sur les pêcheries en Californie. Mes revenus sont naturellement bien supérieurs à ce que je pourrai gagner ici. Cela n'a aucune importance pour l'instant, absolument aucune. »

« Bon », il a fait. « On paie vingt-cinq cents de l'heure. »

« C'est sans importance. Cinq cents ou vingt-cinq. Dans les circonstances présentes, cela m'indiffère complètement. Sincèrement. Comme je l'ai dit, je suis écrivain. J'interprète le paysage américain. Je suis ici pour me documenter en vue de mon prochain livre. »

« Oh pour l'amour du ciel ! » s'est écriée la fille en me tournant le dos. « Fiche-le dehors, je t'en supplie. »

« J'aime pas les Américains dans mon équipe », a dit Shorty. « Y travaillent pas aussi dur que les aut' gars. »

« Ah », j'ai fait. « Vous avez tort de penser cela, monsieur. Mon patriotisme est universel. Je ne prête allégeance à aucun drapeau. »

« Seigneur », a lâché la fille.

Elle était laide comme un pou. Aucune de ses paroles n'aurait pu me troubler. Elle était trop moche.

« Les Américains tiennent pas la cadence », a développé Shorty. « Dès qu'ils ont de quoi bouffer, y se cassent. »

« Intéressant, M. Naylor. » J'ai croisé les bras et porté le poids de mon corps sur mes talons. « Extrêmement intéressant, ce que vous venez de dire. Un aspect sociologique passionnant de la situation dans la conserverie. Mon livre va rendre compte de ce problème avec moult détails et notes en bas de page. Je vous citerai. Ah oui, vous pouvez dès maintenant en être sûr. »

La fille a dit quelque chose qu'on ne saurait imprimer. Shorty a tiré de sa poche un vieux morceau de tabac à chiquer, dont il a arraché un bout avec ses dents. C'était un gros bout, qui remplissait sa bouche. Je voyais bien qu'il m'écoutait à peine, car il mastiquait scrupuleusement sa chique. La fille s'était installée à sa table, les mains jointes devant elle. Nous nous sommes tous les deux tournés pour nous dévisager. Elle a mis deux doigts sous son nez et les a serrés. Son geste méprisant m'a laissé de glace. Elle était beaucoup trop moche.

« Tu veux ce boulot ? » a demandé Shorty.

« Oui, absolument. Oui. »

« Souviens-toi de ça : tu vas bosser dur, et t'attends pas à la moindre faveur de ma part. Sans ton oncle, je t'embaucherais pas, un point c'est tout. Vous autres les 'ricains, j' peux pas vous blairer. Z'êtes feignants. Au premier coup de barre, vous vous cassez. Vous faites trop les zigotos. »

« Je suis parfaitement d'accord avec vous, M. Naylor. A cent pour cent de votre avis. La paresse, si vous me permettez cet aparté, la paresse donc est la caractéristique essentielle du paysage mental américain. Vous me suivez ? »

« Arrête de me donner du Monsieur. Appelle-moi Shorty. C'est mon nom. »

« Certainement, sir ! Pas de problème, certainement ! Et puis je dirais que Shorty est un sobriquet formidable — un américanisme typique. Nous autres écrivains l'employons constamment. »

Ma remarque ne lui a fait ni chaud ni froid. Il a seulement retroussé les lèvres. A la table, la fille marmonnait. « M'appelle pas *sir* non plus », a dit Shorty. « J' déteste toutes ces conneries de richard. »

« Vire-le d'ici », a dit la fille.

Je n'étais pas le moins du monde troublé par les remarques d'un être aussi laid. En fait, elle m'amusait. Quel visage hideux elle avait ! C'était trop amusant pour que je me donne la peine de lui river son clou. J'ai ri en donnant une tape dans le dos de Shorty. J'étais petit, mais je toisais facilement le nabot. Je me sentais aussi grand qu'un géant.

« Très drôle, Shorty. J'adore votre sens de l'humour si particulier. Très drôle. Vraiment très drôle. » Je riais toujours. « Très drôle. Ho, ho, ho. Que c'est drôle. »

« J' vois rien de drôle », il a fait.

« Mais ça l'est ! Si vous me suivez. »

« Va au diable. C'est toi qui vas me suivre. »

« Oh, mais je vous suis. Je vous suis parfaitement. »

« Non », il a dit. « C'est maintenant que tu me suis. J' te mets dans l'équipe d'étiquetage. »

Alors que nous franchissions la porte de derrière, la fille s'est retournée pour nous regarder partir. « Et ne remettez pas les pieds ici ! » elle a crié. Mais je n'ai pas fait attention à elle. Elle était beaucoup trop moche.

Nous marchions dans l'enceinte de la conserverie. Le bâtiment en tôle ondulée ressemblait à un sombre donjon brûlant. L'eau dégouttait des poutrelles. Des blocs de vapeur brune et blanche paraissaient figés dans l'air. L'huile de poisson rendait le sol vert glissant. Nous avons traversé une longue salle où, debout à des tables, des Mexicaines et des Japonaises vidaient des maquereaux avec des couteaux à poisson. Ces femmes étaient enveloppées dans de lourds tabliers cirés; leurs pieds enfermés dans des bottes en caoutchouc baignaient jusqu'à la cheville dans les boyaux de poisson.

La puanteur était insupportable. Immédiatement, j'ai eu un haut-le-cœur, comme après la première gorgée de café salé. Au bout de dix pas dans cette salle, je l'ai senti remonter, mon petit déjeuner, je me suis plié en deux et je l'ai laissé sortir. Mon estomac s'est vidé d'un coup. Shorty rigolait. Il me flanquait des tapes dans le dos en rugissant de rire. Alors les autres s'y sont mises aussi. Comme le patron se marrait, elles l'ont imité. J'ai détesté ça. Les femmes ont levé les yeux de leur boulot pour voir ce qui se passait, et elles ont ri. Quelle rigolade ! Et prise sur le temps de travail, pardessus le marché ! Regarde le patron qui se marre ! Y doit s' passer kek chose. On a bien le droit de rire, nous aussi. Tout travail avait cessé à l'atelier de préparation des poissons. Tout le monde riait. Tout le monde sauf Arturo Bandini.

Arturo Bandini ne riait pas. Il vidait ses tripes par terre. Je les ai toutes détestées et j'ai juré de me venger tandis que je m'éloignais en titubant, avide de solitude. Shorty m'a pris par le bras, puis guidé vers une autre porte. Je me suis appuyé contre un mur pour retrouver mon souffle. Alors la puanteur est remontée à l'assaut. Les murs tourbillonnaient, les femmes riaient, Shorty riait, et le grand écrivain Arturo Bandini gerbait de plus belle. Comme il gerbait ! Ce soir, en rentrant chez elles, ces femmes ne parleraient que de ça. Le nouveau ! T'aurais dû le voir ! Alors je les ai détestées et je me suis même arrêté de vomir pendant un moment, le temps de me réjouir du fait que je vivais la plus formidable haine de toute mon existence.

« Ça va mieux ? » a fait Shorty.

« Bien sûr », j'ai répondu. « Ce n'était rien. Les idiosyncrasies d'un estomac d'artiste. Une broutille. Une chose que j'ai mangée, si vous voulez savoir. »

« C'est ça ! »

Nous sommes entrés dans la salle suivante. Les femmes riaient toujours en prenant sur leur temps de travail. A la porte, Shorty s'est retourné avec un air méchant. Rien de plus. Il a seulement durci les traits de son visage. Toutes les femmes ont brusquement cessé de rire. Le spectacle était terminé. Elles ont repris leur travail.

Nous étions maintenant dans la salle où l'on étiquetait les conserves. L'équipe était composée de garçons mexicains et philippins. Les boîtes défilaient sur des tapis roulants. Ils étaient au moins une vingtaine, de mon âge ou plus vieux que moi. Tous se sont arrêtés pour m'observer, comprenant aussitôt qu'un nouveau allait bosser avec eux.

« Tu restes en retrait et tu regardes », a dit Shorty. « Dès que t'as pigé comment y font, tu te mets au boulot. »

« Cela me paraît très simple », j'ai répondu. « Je suis prêt à travailler tout de suite. »

« Non. Attends quelques minutes. »

Là-dessus, il est parti.

Je suis resté à regarder. De fait, c'était très simple. Mais mon estomac refusait catégoriquement d'obtempérer. Au bout de quelques secondes, j'ai encore vomi. Et de nouveau, les rires. Mais ces garçons ne ressemblaient pas aux femmes. Ils trouvaient réellement désopilant de voir Arturo Bandini passer un sale quart d'heure.

Ce premier matin n'avait plus ni commencement ni fin. Entre deux vomissements, je me tordais de douleur au-dessus du tas de conserves. Mais je leur ai dit qui j'étais. Arturo Bandini, l'écrivain. Vous n'avez pas entendu parler de moi ? Eh bien, ça ne va pas tarder ! Vous inquiétez pas. Ça ne va pas tarder ! Mon livre sur les pêcheries californiennes. Ça va être l'ouvrage de référence sur le sujet. Je parlais vite entre les haut-le-cœur.

« Je ne suis pas ici pour un emploi permanent. Je réunis de la documentation pour un livre sur les pêcheries californiennes. Je suis Bandini, l'écrivain. Pour moi, ce boulot n'a rien de fondamental. Je pourrais aussi bien donner mon salaire aux bonnes œuvres : à l'Armée du Salut. »

Et j'ai encore gerbé. Maintenant il n'y avait plus rien dans mon estomac, sauf ce qui n'en sortait jamais. Plié en deux, je me suis étranglé : l'écrivain célèbre serrait les bras autour de sa taille, se tortillait, étouffait. Mais plus rien ne sortait. Quelqu'un s'est arrêté de rire le temps de me hurler que je devrais boire de l'eau. Hé, l'écrivain ! Bois de l'eau ! J'ai donc trouvé un robinet et j'ai bu de l'eau. Elle est ressortie en un jet pendant que je fonçais vers la porte. Et ils ont ri. Oh, cet écrivain ! Quel écrivain c'est ! Regardez-le écrire !

« Ça va déjà mieux », ils criaient en riant.

« Rentre chez toi », ils disaient. « Va écrire livre. Toi écrivain. Toi trop bon pour conserv'ries poissons. Rentre chez toi et écris livre sur dégueulis. »

Hurlements de rire.

Je suis sorti en titubant et me suis allongé sur un tas de filets de pêche étendus au soleil entre deux bâtiments, à l'écart de la route principale qui longeait le canal. J'entendais leur rire qui dominait parfois le bourdonnement des machines. Je m'en moquais éperdument. J'avais envie de dormir. Mais les maudits filets exhalaient l'odeur du maquereau et du sel. Au bout d'un moment, les mouches m'ont découvert. La situation a empiré. Bientôt, toutes les mouches du port de Los Angeles ont eu vent de mon existence. A quatre pattes, j'ai quitté les filets en direction d'une zone sablonneuse. C'était merveilleux. J'ai allongé les bras et laissé mes doigts chercher des endroits frais dans le sable. Rien ne m'avait jamais fait autant de bien. Même les petites particules de sable que je respirais semblaient caresser mon nez et ma bouche. Une minuscule punaise des sables s'est arrêtée sur une colline pour examiner le présent bouleversement. D'habitude, je l'aurais tuée sans la moindre hésitation. Elle m'a regardé dans les yeux, avant de redémarrer. Elle a escaladé mon menton.

« Vas-y », je lui ai dit. « Je m'en fous. Tu peux même entrer dans ma bouche si ça te chante. »

Elle a dépassé mon menton et je l'ai sentie chatouiller mes lèvres. Je devais loucher pour l'apercevoir.

« Ne te gêne pas », j'ai dit. « Je ne vais pas te faire de mal. Je suis en vacances. »

Elle a grimpé vers mes narines. Alors je me suis endormi.

Un coup de sifflet m'a réveillé. Il était midi. Les ouvriers sont sortis à la queue leu leu des bâtiments. Des Mexicains, des Philippins et des Japonais. Les Japonais étaient trop occupés pour regarder ailleurs que droit devant eux. Ils se dépêchaient. Mais les Mexicains et les Philippins m'ont repéré allongé dans le sable, et ils se sont remis à rire, car il était de nouveau là, le grand écrivain, horizontalisé comme un pochard.

Le bruit s'était maintenant répandu dans toute la conserverie, qu'une personnalité de renom était parmi eux, l'immortel Arturo Bandini en chair et en os, l'écrivain célèbre, et il était allongé là, composant certainement quelque chose pour la postérité, ce grand écrivain qui s'était spécialisé dans le poisson, qui travaillait pour vingt-cinq malheureux cents de l'heure, par pur esprit démocratique. Il était en fait si célèbre que — enfin, il était vautré là, à plat ventre au soleil, vomissant ses tripes, trop malade pour supporter l'odeur du sujet de son prochain livre. Un ouvrage sur les pêcheries californiennes ! Oh, quel écrivain ! Un ouvrage sur le dégueulis californien ! Oh, quel écrivain unique !

Rires.

Une demi-heure est passée. Nouveau coup de sifflet. Ils sont revenus des buvettes. Je me suis retourné et dans un rêve bilieux j'ai vu passer leurs silhouettes brouillées. Le soleil brillant était à gerber. J'ai caché mon visage dans mon bras. Ils s'amusaient encore, mais pas autant qu'avant, car le grand écrivain commençait à les ennuyer. J'ai levé la tête et mes yeux poisseux les ont vus défiler devant moi. Ils mastiquaient des pommes, léchaient des glaces, mangeaient du chocolat couvert de sucre candi, qu'ils sortaient d'emballages bruyants. Mes haut-le-cœur sont revenus. Mon estomac, en proie à la révolte, a grondé, gargouillé.

Hé l'écrivain ! Hé l'écrivain ! Hé l'écrivain !

Je les ai entendus se rassembler autour de moi, leurs rires et leurs gloussements. Hé l'écrivain ! Leurs voix comme des échos brisés. La poussière soulevée par leurs pas stagnait en nuages paresseux. Puis, plus sonore que jamais, une bouche près de mon oreille, et un cri. Hééé l'écrivain ! Des bras m'ont saisi, soulevé et retourné. Aussitôt j'ai compris ce qu'ils allaient faire. C'était leur conception d'une blague vraiment drôle. Ils allaient me coller un poisson dans le pantalon. Je l'ai deviné sans même voir le poisson. J'étais sur le dos. Le soleil de midi souillait mon visage. J'ai senti des doigts tirer sur ma chemise, et le tissu s'est déchiré. Evidemment ! Ça ne pouvait pas rater ! Ils allaient me coller ce poisson dans le pantalon. Mais je n'ai même pas vu le poisson. J'ai gardé les yeux fermés. Alors quelque chose de froid et de visqueux est entré en contact avec ma poitrine, puis est descendu vers ma ceinture : le poisson ! Quels crétins ! Il y avait belle lurette que je me doutais de ce qu'ils allaient faire. Je *savais* qu'ils feraient ça. Mais je m'en moquais. Maintenant, un poisson de plus ou de moins n'avait plus aucune importance.

Dix

Du temps a passé. Peut-être une demi-heure. J'ai glissé la main dans ma chemise et senti le poisson contre ma peau. Mes doigts ont suivi ses flancs, repéré ses ailerons et sa queue. Maintenant je me sentais mieux. J'ai sorti le poisson de ma chemise, je l'ai tendu devant moi et l'ai regardé. Un maquereau long d'une trentaine de centimètres. J'ai retenu ma respiration pour ne pas sentir son odeur. Puis je l'ai mis dans ma bouche et j'ai arraché sa tête avec mes dents. Je regrettais qu'il fût déjà mort. Je l'ai lancé par terre et me suis levé. Plusieurs grosses mouches se régalaient sur mon visage et sur les taches humides de ma chemise mouillée par le poisson. Une mouche téméraire s'est posée sur mon bras et a bêtement refusé de s'en aller, même quand je l'ai avertie en secouant le bras. Je suis entré dans une rage folle contre elle. D'une claque, je l'ai écrasée sur mon bras. Mais j'étais encore si furieux contre elle que je l'ai mise dans ma bouche, mastiquée, puis recrachée. Ensuite, j'ai repris le poisson, je l'ai posé à un endroit où le sable était lisse et l'ai piétiné jusqu'à ce qu'il éclate. J'ai senti la pâleur de mon visage, comme du plâtre. Cent mouches s'envolaient à chacun de mes gestes. Ces mouches étaient de sacrées imbéciles. Je m'immobilisais, elles arrivaient, je les tuais, mais même les mouches mortes n'apprenaient rien aux vivantes. Elles s'obstinaient à m'importuner. Je prenais mon mal en patience, je me figeais, respirant à peine, j'observais les mouches se poser à portée de main, puis je les tuais.

Mes nausées avaient disparu. Je les avais même oubliées. Ce que je détestais, c'étaient les rires, les mouches, le poisson mort. De nouveau, j'ai regretté qu'il ne fût pas vivant. Car il aurait reçu une leçon qu'il n'aurait pas oubliée de sitôt. J'ignorais ce qui allait arriver maintenant. J'allais prendre ma revanche contre eux. Bandini n'oublie jamais. Il trouvera une solution. Vous allez payer, tous autant que vous êtes.

Juste en face de moi, j'ai avisé les toilettes. J'y suis allé. Deux mouches impudentes m'y ont suivi. Je me suis arrêté net, fou de rage, pétrifié comme une statue, en attendant que les mouches se posent sur moi. J'en ai attrapé une, l'autre s'est enfuie. J'ai arraché les ailes de ma prisonnière, puis je l'ai laissée tomber par terre. Elle a rampé dans la poussière, filant comme un poisson, convaincue de pouvoir m'échapper ainsi. Quelle présomption. Un moment, je l'ai laissée faire. Puis je lui ai sauté dessus à pieds joints et l'ai écrasée dans la terre. J'ai amassé un petit monticule à l'endroit où elle était morte, et j'ai craché dessus.

Aux toilettes, je me suis balancé d'avant en arrière comme un fauteuil à bascule en me demandant quoi faire et essayant de reprendre mes esprits. Il y avait trop d'ouvriers dans les conserveries pour une bagarre. J'avais réglé leur compte aux mouches et au poisson mort, mais pas aux ouvriers. D'autre part, on ne pouvait pas tuer des ouvriers comme on tuait des mouches. Il fallait trouver autre chose, une façon de se bagarrer sans les poings. J'ai lavé mon visage à l'eau froide en réfléchissant.

Un Philippin basané est entré. C'était un des gars de l'équipe d'étiquetage. Il s'est campé devant l'urinoir, puis a lutté avec ses boutons d'un air impatient et crispé. Quand il a eu réglé le problème des boutons, son visage s'est détendu, et tout le temps il a souri en frémissant d'aise. Maintenant, il se sentait infiniment mieux. J'étais penché au-dessus du lavabo devant le mur opposé, je faisais couler l'eau du robinet sur mes cheveux et ma nuque. Le Philippin s'est retourné en se reboutonnant. Il a allumé une cigarette et s'est appuyé contre le mur en me regardant. Il a fait ça exprès, il me fixait pour que je sache qu'il m'observait, et pour nulle autre raison. Mais je n'avais pas peur de lui. Jamais j'ai eu peur de lui. Personne en Californie n'avait jamais peur d'un Philippin. Il souriait pour me faire comprendre qu'il ne pensait pas beaucoup de bien de moi, de mon estomac fragile. Je me suis redressé en laissant l'eau dégouliner sur mon visage. Elle est tombée sur mes chaussures poussiéreuses en laissant des taches brillantes dessus. Le Philippin a pensé encore moins de bien de moi. Maintenant, il ne souriait plus, il ricanait.

« Comment te sens-tu ? » il a demandé.

« Mêlez-vous de ce qui vous regarde. »

Il était mince, de taille moyenne. Il n'était pas aussi solide que moi, mais sans doute aussi lourd. Je l'ai examiné de la tête aux pieds, avec mépris. J'ai même avancé le menton et retroussé ma lèvre inférieure pour lui signifier l'étendue de mon mépris. Il a ricané en retour, mais différemment, sans avancer le menton. Je ne lui faisais absolument pas peur. S'il ne se passait pas quelque chose pour interrompre l'escalade, il aurait bientôt assez de courage pour m'insulter.

Sa peau était châtain foncé. Je l'ai remarqué à cause de la blancheur de ses dents. C'étaient des dents brillantes, comme une rangée de perles. Quand j'ai remarqué combien sa peau était sombre, j'ai brusquement trouvé ma réponse. Je pouvais leur dire ça à tous. Ça les blesserait à chaque fois. Je le savais parce que la même chose m'avait blessé. A l'école primaire, les gamins me blessaient en me traitant de rital et de bouffeur de nouilles. A chaque fois, ça faisait mouche. J'étais horriblement vexé. Je me sentais misérable, indigne. Et je savais que ça aurait le même effet sur le Philippin. C'était si facile de lui balancer ça aussi sec que je me suis moqué tranquillement de lui, et je me suis senti submergé par un sentiment apaisant de confiance. Je ne pouvais échouer. Je me suis approché de lui, j'ai mis mon visage près du sien en souriant comme lui. Il sentait anguille sous roche. Immédiatement, son expression a changé. Il attendait ma riposte — quelle qu'elle fût.

« File-moi une cigarette », j'ai dit. « Espèce de nègre. »

J'avais mis dans le mille. Il a rudement accusé le coup. Instantanément, il y a eu un changement, une volte-face émotionnelle : de l'offensive il est passé à la défensive. Son sourire s'est durci sur son visage figé : il voulait continuer de sourire, mais en vain. Maintenant, il me haïssait. Ses yeux ont rétréci. J'étais ravi. Il était livré pieds et poings liés à l'adversaire et au monde. J'avais connu ça autrefois. Un jour, dans un drugstore, une fille m'avait traité de sale rital. J'avais seulement dix ans, mais soudain j'avais haï cette fille exactement comme ce Philippin me haïssait aujourd'hui. J'avais proposé à cette fille de lui acheter une glace. Elle avait refusé en disant que sa mère lui interdisait d'entrer en rapport avec moi parce que j'étais un sale rital. Alors j'ai décidé de faire subir le même traitement au Philippin.

« Mais tu n'es pas du tout un nègre », j'ai repris. « Tu es un foutu Philippin, ce qui est pire. »

Maintenant, son visage n'était plus ni châtain ni noir. Il était pourpre.

« Un Philippin jaune. Un foutu étranger

oriental ! Ça te gêne pas d'approcher les Blancs ? »

Il ne voulait pas parler de cela. Il a secoué rapidement la tête en signe de dénégation.

« Bon Dieu », j'ai fait. « Regarde un peu ton visage ! Tu es jaune comme un canari. »

Alors j'ai ri. Plié en deux, j'ai hurlé de rire. J'ai tendu l'index vers son visage et j'ai ri jusqu'au moment où je ne pouvais plus feindre que mon rire était naturel. Ses traits étaient crispés de souffrance et d'humiliation, ses lèvres tordues de désespoir, comme une bouche plantée sur un bâton, pleine de doute et de douleur.

« Ah la la ! » j'ai dit. « Tu as bien failli m'avoir. Je t'ai longtemps pris pour un nègre. Mais il se trouve que tu es jaune. »

Alors il s'est effondré. Son visage crispé s'est relâché. Il a eu un sourire tremblant, mi-figue mi-raisin. Les couleurs se déplaçaient sur son visage. Il a baissé les yeux sur le devant de sa chemise, puis chassé de la main une traînée de cendre de cigarette. Ensuite, il a relevé la tête.

« Tu te sens mieux maintenant ? » il m'a demandé.

« Mêle-toi de tes oignons », j'ai répondu. « Tu es philippin. Vous autres Philippins, vous êtes pas malades, car vous avez l'habitude de cette saloperie. Mais moi, je suis écrivain ! Ecrivain américain, mec ! Pas écrivain philippin. Je ne suis pas né aux Philippines. Je suis né ici même, dans ces bons vieux U.S.A., sous la bannière étoilée. »

Il a haussé les épaules, incapable de comprendre mes paroles.

« Moi pas écrivain », il m'a dit en souriant. « Non non non. Moi né à Honolulu. »

« Exactement ! » j'ai fait. « Voilà toute la différence. J'écris des livres, mec ! Qu'est-ce que vous croyez, vous autres Orientaux ? J'écris des livres dans ma langue maternelle, la langue anglaise. J' suis pas une raclure d'Oriental à la manque. »

Pour la troisième fois, il m'a demandé : « Tu te sens mieux maintenant ? »

« Qu'est-ce que tu crois ! » j'ai crié. « J'écris des livres, espèce de crétin ! Des volumes entiers ! J' suis pas né à Honolulu. J' suis né ici même, dans cette bonne vieille Californie du Sud. »

Il a lancé sa cigarette à travers la pièce vers l'urinoir. Elle a frappé le mur dans une gerbe d'étincelles, puis atterri non pas dans l'urinoir, mais par terre.

« Je pars maintenant », il a dit. « Tu viens assez vite, non ? »

« Donne-moi une cigarette. »

« Pas avoir encore. »

Il a marché vers la porte.

« Plus fini. Dernière. »

Il y avait pourtant un paquet qui faisait une bosse dans la poche de sa chemise.

« Espèce de sale menteur jaune », j'ai dit. « Et ça, c'est quoi ? »

Il a souri en sortant le paquet, puis il m'en a offert une. C'était une marque populaire, des clopes à dix cents. J'ai repoussé le paquet.

« Cigarettes pour Philippins. Non merci. Très peu pour moi. »

Il avait son compte.

« Je te vois plus tard », il a dit.

« Pas si je te vois le premier. »

Il est parti. J'ai entendu le crissement de ses pas qui s'éloignaient sur le gravillon de l'allée. J'étais seul. Son mégot gisait par terre. J'ai arraché la partie mouillée, puis je l'ai fumé en le tenant du bout des doigts. Quand j'ai failli me brûler, je l'ai laissé tomber, puis l'ai écrasé du talon. Voilà pour toi ! Je l'ai écrasé en une tache brune. Son goût avait été différent de celui des cigarettes normales ; bizarrement, ça sentait davantage le Philippin que le tabac.

Il faisait frais dans les toilettes, avec toute cette eau qui coulait dans l'urinoir. Je suis allé à la fenêtre et me suis détendu ; la tête posée sur les mains, j'ai regardé le soleil de l'après-midi qui jetait une barre d'argent dans la poussière. La fenêtre était grillagée, avec des trous de deux centimètres carrés environ. J'ai pensé au Trou Noir de Calcutta. Les soldats anglais étaient morts dans une pièce aussi petite que celle-ci. Mais ces toilettes étaient totalement différentes. Elles étaient ventilées. Toutes ces pensées ont seulement duré un instant. Elles arrivaient comme ça, incongrues. Les petites pièces me rappelaient toujours le Trou Noir de Calcutta, lequel me faisait penser à Macaulay. Maintenant, debout à la fenêtre, je pensais donc à Macaulay. La puanteur était désormais supportable ; elle était certes désagréable, mais je m'y étais habitué. Bien que sans appétit, j'avais faim ; pourtant je ne pouvais pas penser à la nourriture. Je devais affronter de nouveau les gars de l'étiquetage. J'ai cherché vainement un autre mégot de cigarette par terre. Puis je suis sorti.

Trois jeunes Mexicaines qui allaient aux toilettes se dirigeaient vers moi dans l'allée. Elles venaient de quitter l'atelier de préparation des maquereaux. J'ai contourné l'angle du bâtiment, qui était enfoncé comme si un camion l'avait percuté. Les filles m'ont vu, je les ai vues. Elles marchaient en plein milieu de l'allée. Elles ont rapproché leurs têtes. Elles se disaient qu'on ne pouvait pas faire un pas sans tomber sur l'écrivain, ou un truc de ce genre.

Je me suis rapproché. La fille qui portait des bottes a fait un signe de tête vers moi. Quand je suis arrivé près d'elles, toutes ont souri. Je leur ai rendu leur sourire. J'étais à trois mètres d'elles. Je sentais parfaitement la fille aux bottes. C'était à cause de ses seins haut placés, ils m'ont brusquement excité, mais ce n'était rien, une brève bouffée de désir, une chose à quoi repenser plus tard. Je me suis arrêté au milieu de l'allée. J'ai écarté les jambes pour leur barrer le passage. Effrayées, elles ont ralenti ; l'écrivain mijotait quelque chose. La fille à la casquette a parlé rapidement à la fille aux bottes.

« Retournons », a dit la fille aux bottes.

De nouveau, je la sentais parfaitement et j'ai décidé de lui consacrer de longues pensées dès que j'aurais un moment. Alors la troisième fille, celle qui fumait une cigarette, a parlé dans un espagnol rapide et haché. Toutes les trois ont relevé la tête d'un air arrogant et avance vers moi. Je me suis adressé à la fille aux bottes. C'était la plus jolie. Les autres ne méritaient pas une parole, car elles étaient beaucoup moins belles que la fille aux bottes.

« Tiens tiens tiens », j'ai fait. « Bien le bonjour aux trois mignonnes Philippines ! »

Elles n'étaient pas Philippines, absolument pas, je le savais bien, et elles savaient que je le savais. Elles ont redressé la tête d'un air arrogant, le nez tourné vers le ciel. J'ai dû me ranger sur le côté pour ne pas me faire bousculer. La fille aux bottes avait des bras blancs qui s'incurvaient aussi gracieusement qu'une bouteille de lait. Mais de près, j'ai découvert qu'elle était laide, affligée de minuscules boutons pourpres et la gorge tartinée de poudre. Cruelle déception. Elle s'est retournée pour m'adresser une grimace ; elle m'a tiré la langue en me faisant un pied de nez.

J'ai été surpris et heureux, car j'étais le spécialiste incontesté des grimaces horribles. J'ai tiré mes paupières inférieures vers le bas, dénudé mes dents et distendu mes joues. Ma grimace était beaucoup plus horrible que la sienne. Elle marchait à reculons, sa langue rose dardée vers moi, en faisant diverses grimaces, mais toutes étaient des variations autour de la langue tirée. Chacune des miennes était meilleure que n'importe laquelle des siennes. Les deux autres filles marchaient comme si de rien n'était. Les bottes de la fille aux bottes étaient trop grandes pour ses pieds ; elles traînaient dans la poussière. J'aimais la façon dont l'ourlet de sa robe battait contre ses jambes, et la poussière qui s'élevait autour d'elle comme une gigantesque fleur grise.

« En voilà des manières pour une Philippine ! » j'ai dit.

Ça l'a mise en colère.

« Nous ne sommes *pas* Philippines ! » elle a crié. « C'est *toi* le Philippin ! Philippin ! Philippin ! »

Alors les deux autres filles se sont retournées. En chœur, elles ont repris le refrain. Les trois marchaient à reculons, bras dessus bras dessous, en scandant leur injure d'une voix perçante.

« Philippin ! Philippin ! Philippin ! »

Elles ont encore fait quelques grimaces agrémentées de pieds de nez. La distance qui nous séparait s'est agrandie. J'ai levé le bras pour réclamer un peu de silence. Elles avaient quasiment monopolisé la parole et les cris. Je n'avais encore presque rien dit. Mais elles ont continué leur ritournelle. J'ai agité les bras, mis mon index en travers de mes lèvres pour exiger le silence. Enfin elles ont consenti à se taire pour m'écouter. Enfin j'avais la parole. Elles étaient si loin et le vacarme des bâtiments était tel que j'ai dû mettre mes mains en porte-voix.

« J'implore votre pardon ! » j'ai braillé. « Excusez mon erreur ! Je suis terriblement navré ! Je vous ai pris pour des Philippines. Mais vous n'en êtes pas. Vous êtes bien pires ! Vous êtes Mexicaines ! Z'êtes des Graisseuses ! Des sales Mexs ! Sales Mexs ! Sales Mexs ! »

Malgré les trente mètres qui nous séparaient, j'ai perçu leur soudaine apathie. Ça leur est tombé dessus sans prévenir, ça les a sciées ; chacune avait honte d'avouer sa douleur aux deux autres et trahissait pourtant sa blessure secrète par son immobilité silencieuse. La même chose m'était déjà arrivée. Une fois, j'avais flanqué une bonne raclée à un gars dans une bagarre. J'ai été ravi jusqu'au moment de partir. Il s'est relevé et a couru vers sa maison en criant que j'étais un sale rital. Il y avait d'autres gars dans les parages. Les cris de ce gamin que j'avais dérouillé m'avaient mis le moral à zéro ; je venais de faire subir la même chose aux trois Mexicaines.

Alors je me suis moqué de ces Mexicaines. J'ai tourné mon visage vers le ciel et j'ai éclaté de rire sans jamais les regarder en face, mais je riais tellement fort que je savais qu'elles m'entendaient. Puis je suis entré.

« Ouah ouah ouah ! » je hurlais. « Gna gna gna ! »

Je me sentais vaguement timbré de rire comme ça. Et les trois filles m'ont pris pour un vrai cinglé. Elles ont échangé quelques regards stupéfaits avant de me dévisager. Elles ne comprenaient pas que j'essayais de les ridiculiser. Non, à la façon dont elles ont secoué la tête, on voyait bien qu'elles me prenaient pour un dingue.

Mais maintenant je devais m'occuper des jeunes gars de l'étiquetage. Ç'allait être le plus difficile. Je suis entré d'un pas vif et décidé, en sifflant et prenant de profondes inspirations pour leur montrer que la puanteur était désormais sans effet sur moi. Je me suis même frotté le buste en disant : ah ! Les gars étaient massés autour du tas de conserves pour diriger leur arrivée à mesure qu'elles se bousculaient vers le ruban graisseux qui les emportait vers les machines. Ils étaient au coude à coude autour du gros tas qui faisait bien dix pieds carrés. L'atelier était aussi bruyant que nauséabond, saturé de toutes sortes d'odeurs de poisson mort. Il régnait un tel vacarme qu'ils n'ont même pas remarqué mon arrivée. J'ai inséré mon épaule entre deux gros Mexicains qui discutaient en travaillant. J'ai réussi à me faufiler entre eux en jouant des coudes et des épaules. Ils ont baissé les yeux et remarqué ma présence. Ça les dérangeait. Ils n'ont pas compris ce que j'essayais de faire jusqu'à ce que je les sépare et que je libère mes bras.

« Du vent, les Graisseux ! » j'ai crié.

« Bah ! » a fait le plus gros Mexicain. « Laisse-le trranquille, Joe. Cé pétit fils dé poute est dingo. »

J'ai plongé dans la mêlée des conserves afin de les mettre d'aplomb sur le ruban de transmission. Pour me laisser tranquille, ils me laissaient tranquille : j'avais toute la place que je voulais. Personne ne parlait. Je me suis senti rudement seul, aussi paumé qu'un cadavre ; et puis j'ai compris que j'étais là tout simplement parce qu'ils ne pouvaient rien y faire.

L'après-midi tirait à sa fin.

Je me suis seulement arrêté de travailler deux fois. Une fois pour aller boire de l'eau, et une autre pour écrire quelque chose dans mon petit calepin. Tous les ouvriers ont cessé de bosser pour me regarder quand je suis descendu de la plate-forme pour griffonner dans mon calepin. J'ai fait ça pour leur prouver sans aucun doute possible que je ne blaguais pas, que j'étais un authentique écrivain parmi eux, le vrai truc, et pas un frimeur. D'un air pénétré, j'ai dévisagé chacun d'eux, puis je me suis gratté l'oreille avec mon crayon. Ensuite, pendant une seconde, j'ai regardé dans le vague. Brusquement j'ai fait claquer mes doigts pour signifier que je venais de trouver une idée du tonnerre de dieu. J'ai posé mon calepin sur mon genou et écrit ce qui suit :

« Amis, Romains et compatriotes ! La Gaule tout entière est divisée en trois parties. Vas-tu vers la femme ? Alors n'oublie pas ton fouet. Le temps et la marée n'attendent personne. Sous les frondaisons du châtaignier, l'atelier du forgeron. » Ensuite, je me suis arrêté pour apposer l'arabesque de ma signature. Arturo G. Bandini. Je n'ai pas réussi à trouver autre chose. Ils m'observaient avec des yeux écarquillés. Je me suis creusé la tête, mais en vain. Mon esprit refusait de fonctionner. Je ne trouvais rien d'autre à écrire, même pas un mot, même pas mon propre nom.

J'ai fourré mon calepin dans ma poche et repris ma place autour du tas de boîtes de conserve. Personne ne m'a dit le moindre mot. Leurs convictions étaient certainement ébranlées. N'avais-je pas interrompu mon travail pour prendre des notes ? Peut-être m'avaient-ils jugé trop hâtivement ? J'espérais confusément que l'un d'eux me demanderait ce que j'avais écrit. Je lui aurais aussitôt rétorqué que ce n'était rien d'important, une simple remarque concernant les conditions de travail des immigrés pour mon rapport mensuel au Sécrétariat d'Etat aux Impôts ; tu ne peux pas comprendre, vieux ; c'est trop compliqué pour que je t'explique maintenant ; une autre fois ; peut-être un jour, pendant le déjeuner.

Soudain, ils ont parlé entre eux. Puis tous ont ri. Mais ils parlaient en espagnol, si bien que je ne comprenais rien.

Un type appelé Jugo a quitté la chaîne comme je l'avais fait, puis il a sorti un calepin de sa poche. Il a couru où j'avais couru avec mon calepin. L'espace d'un instant, j'ai cru que c'était un authentique écrivain qui venait de remarquer une chose intéressante. Il a pris exactement la même position que moi. Il s'est gratté l'oreille tout comme je m'étais gratté l'oreille. Il a regardé dans le vague exactement comme moi. Puis il a écrit. Rugissements de rire.

« Moi écrivain aussi ! » il a dit. « Regardez ! »

Il a brandi son calepin au-dessus de sa tête pour que nous puissions voir. Il avait dessiné une vache. Le visage de la vache était couvert de points qui signifiaient des taches de rousseur. C'était évidemment ridicule, car mon visage était couvert de taches de rousseur. Sous le dessin de la vache, il avait écrit : « Ecrivain ». Il a montré son calepin à tous les ouvriers.

« Très drôle », j'ai dit. « Blague de graisseux. »

Je l'ai haï au point d'en avoir la nausée. Je les ai tous haïs ainsi que les vêtements qu'ils portaient et tout ce qui les concernait. Nous avons travaillé jusqu'à six heures. Shorty Naylor n'est pas venu de tout l'après-midi. Au coup de sifflet, les gars ont tout lâché et se sont précipités vers la porte. Je suis resté encore quelques minutes pour ramasser les boîtes de conserve tombées à terre. J'espérais que Shorty se pointerait. J'ai travaillé pendant dix minutes, mais personne n'est venu me voir ; écœuré, j'ai laissé tomber et relancé par terre toutes les boîtes de conserve.

Onze

A six heures un quart, j'étais en route vers la maison. Le soleil sombrait lentement derrière les gros entrepôts du port ; des grandes ombres couvraient le sol. Quelle journée ! Quelle journée infernale ! Je marchais en parlant tout seul, en marmonnant dans ma barbe. Je faisais toujours ça : parler tout seul en un chuchotement tonitruant. D'habitude c'était marrant, car j'avais toujours les bonnes réponses. Mais pas ce soir-là. Je détestais les bougonnements qui emplissaient ma bouche. C'était comme le vrombissement d'un bourdon prisonnier. La partie de moi-même chargée de fournir les réponses à mes questions disait sans arrêt : Crétin ! Menteur ! Trouillard ! Pourquoi ne dis-tu pas la vérité, de temps à autre ? C'est de ta faute, cesse donc d'essayer de faire porter le chapeau à autrui.

J'ai traversé la cour de l'école. Près de la grille en fer forgé, un palmier solitaire poussait. Comme on avait récemment retourné la terre autour des racines, j'en ai déduit que c'était un nouvel arbre que je n'avais encore jamais vu. Je me suis arrêté pour le regarder. Il y avait une plaque de bronze au pied de l'arbre. Elle disait : Planté par les enfants du Lycée de Banning en souvenir de la Fête des Mères.

J'ai saisi une branche de l'arbre entre mes doigts et je lui ai serré la main. « Bonjour », je lui ai dit. « Tu n'étais pas là, mais à ton avis c'est de la faute de qui ? »

C'était un petit arbre, pas plus grand que moi, sans doute âgé de moins d'un an. Il m'a répondu par un doux frou-frou de ses feuilles vivaces.

« Les femmes », j'ai dit. « Crois-tu qu'elles y soient pour quelque chose ? »

Pas un mot de l'arbre.

« Oui. C'est la faute des femmes. Elles ont réduit mon esprit en esclavage. Elles seules sont responsables de ce qui s'est passé aujourd'hui. »

L'arbre a légèrement oscillé.

« Il faut annihiler les femmes. Les détruire une bonne fois pour toutes. Je dois les chasser définitivement de mon esprit. Elles et elles seules ont fait de moi ce que je suis aujourd'hui.

« Ce soir, les femmes mourront. L'heure de la décision a sonné. Le jour J est arrivé. Mon destin est clair. Mort, mort, mort aux femmes ce soir. J'ai parlé. »

J'ai échangé une autre poignée de main avec l'arbre avant de prendre congé, puis j'ai traversé la rue. La puanteur du poisson m'accompagnait, ombre invisible mais odorante. Elle m'a suivi le long des marches de l'escalier. Dès que j'ai mis le pied dans l'appartement, elle s'est répandue partout, imprégnant jusqu'au moindre recoin. Comme une flèche, elle a frappé les narines de Mona. Ma sœur est sortie de la chambre à coucher avec une lime à ongles dans la main et une interrogation dans le regard.

« Pffftt ! » elle a fait. « Qu'est-ce que c'est ? »

« C'est moi. L'odeur du travail honnête. Ça ne te plaît pas ? »

Elle a plaqué un mouchoir sur son nez.

« C'est probablement une odeur trop délicate pour les narines d'une sainte nonne », j'ai dit.

Ma mère était dans la cuisine. Elle a entendu nos voix. La porte s'est ouverte brusquement, et elle est entrée dans la pièce. La puanteur l'a frappée de plein fouet. Elle l'a reçue en plein visage comme une tarte à la crème dans une comédie de boulevard. Elle s'est arrêtée net. Elle a reniflé, ses traits se sont crispés. Puis elle a battu en retraite.

« Sens-le ! » a dit Mona.

« J'ai cru sentir *quelque chose* ! » a dit ma mère.

« C'est moi. L'odeur du travail honnête. Une odeur virile. Qui choque les femmelettes et les dilettantes. Ça sent le poisson. »

« C'est dégoûtant », a dit Mona.

« Bêtises », j'ai répliqué. « Qui es-tu pour critiquer une odeur ? Tu es une nonne. Une femelle. Une simple femme. Tu n'es même pas une femme, car tu es nonne. Tu n'es qu'une demi-femme. »

« Arturo », a dit ma mère. « Ne recommençons pas ce genre de discussion. »

« Une nonne devrait aimer l'odeur du poisson. »

« Naturellement. Je ne cesse de te dire la même chose depuis une demi-heure. »

Ma mère a levé les bras au plafond, ses doigts tremblaient. Ce geste précédait régulièrement les larmes. Sa voix s'est fêlée et les larmes ont coulé.

« Merci mon Dieu ! Oh, merci mon Dieu ! »

« Il s'est pas trop fatigué aujourd'hui, ton Dieu. J'ai trouvé ce boulot tout seul. Je suis athée. Je nie l'hypothèse de Dieu. »

Mona a ricané.

« Tu parles ! Ta vie serait en jeu que tu serais incapable de trouver un boulot. C'est Oncle Frank qui te l'a dégotté. »

« C'est un mensonge, un sale mensonge. J'ai déchiré la lettre d'Oncle Frank. »

« Je ne te crois pas. »

« Je me moque que tu me croies. Quiconque croit en la Vierge Marie et en la Résurrection est un jobard dont toutes les croyances sont sujettes à caution. »

Silence.

« Désormais, je suis un ouvrier », j'ai dit. « J'appartiens au prolétariat. Je suis un écrivain-ouvrier. »

Mona a souri.

« Tu sentirais beaucoup moins mauvais si tu étais seulement écrivain. »

« J'aime cette odeur », je lui ai répondu. « J'aime toutes ses connotations et ses ramifications ; la moindre de ses variations et de ses sous-entendus me fascine. J'appartiens au peuple. »

Elle a fait la moue.

« Mamma, écoute-le ! Il emploie des mots dont il ne connaît même pas le sens. »

Je ne pouvais pas laisser passer cette dernière remarque. Elle m'a foutu par terre. Mona pouvait bien ridiculiser mes convictions, me persécuter à cause de ma philosophie, je ne me serais pas plaint. Mais personne ne se moquerait impunément de mon anglais. J'ai traversé la pièce en courant.

« Ne m'insulte pas ! Je supporte à la rigueur tes sornettes et tes simagrées, mais au nom du Jéhovah que tu adores, ne m'insulte pas ! »

J'ai secoué mon poing devant son visage en la repoussant avec ma poitrine. « Je peux supporter pas mal de tes imbécillités, mais au nom de ton monstrueux Jahvé, espèce de nonne confite, infâme grenouille de bénitier, punaise de sacristie à la manque, ne m'insulte pas ! Je m'y oppose. Je m'y oppose avec véhémence ! »

Elle relevait le menton en me repoussant du bout des doigts.

« Je t'en prie, écarte-toi. Va prendre un bain. Tu sens trop mauvais. »

J'ai fait mine de la gifler ; ma main a frôlé son visage. Elle a serré les dents en trépignant.

« Idiot ! Espèce d'idiot ! »

Ma mère, qui arrivait toujours trop tard, s'est interposée.

« Allons, allons ! Que se passe-t-il encore ? »

J'ai remonté mon pantalon et ricané devant Mona.

« Il est temps que je dîne. Voilà ce qu'il y a. Vu que j'entretiens deux femmes parasites, il me semble que j'ai le droit de manger quelque chose de temps à autre. »

J'ai retiré ma chemise nauséabonde, et l'ai jetée sur une chaise dans un coin. Mona l'a prise, l'a portée jusqu'à la fenêtre, elle a ouvert la fenêtre et l'a lancée dehors. Puis elle a fait volte-face et m'a défié du regard. Je n'ai rien dit; simplement, je l'ai fixée d'un œil froid pour lui manifester la profondeur de mon mépris. Incapable de comprendre ce qui se passait, ma mère restait là, atterrée; jamais elle n'aurait eu l'idée de jeter une chemise simplement parce qu'elle sentait mauvais. Sans un mot, j'ai descendu rapidement l'escalier et contourné la maison. La chemise était accrochée dans les branches d'un figuier en contrebas de notre fenêtre. Je l'ai mise et je suis retourné à l'appartement. J'ai repris exactement la même position dans la pièce. Puis j'ai croisé les bras et laissé le mépris envahir mon visage.

« Maintenant », j'ai dit, « je ne te conseille pas de recommencer! »

« Idiot! » a dit Mona. « Oncle Frank a raison. Tu es cinglé. »

« Ho. Lui! Ce *Cretinus Asinus Americanus.* »

Ma mère a été scandalisée. Chaque fois que je disais une chose qu'elle ne comprenait pas, elle croyait que c'était en rapport avec le sexe ou les femmes nues.

« Arturo ! Comment oses-tu ? Ton propre oncle ! »

« Oncle ou pas, je refuse de retirer ce que j'ai dit. Il est et restera un *Cretinus Asinus Americanus.* »

« Mais c'est ton oncle ! Tu es du même sang que lui ! »

« Mon jugement est sans appel. Je maintiens mes accusations. »

Elle a servi le dîner dans la cuisine. Je ne me suis pas lavé. J'avais trop faim. Je suis allé directement me mettre les pieds sous la table. Ma mère est arrivée avec une serviette propre. Elle m'a dit que je devrais me laver. Je lui ai pris la serviette des mains et l'ai posée à côté de moi. Mona est arrivée à contrecœur. Elle s'est assise en essayant de supporter ma proximité. Elle a déplié sa serviette, puis ma mère a apporté une soupière. Mais l'odeur était vraiment trop forte pour Mona. La seule vue de la soupe lui a donné des haut-le-cœur. Elle a porté les mains à son estomac, jeté sa serviette par terre et quitté la table.

« Je ne peux pas. Je ne peux vraiment pas ! »

« Ah ! Mauviettes. Femmelettes ! Apporte la suite ! »

Alors ma mère est sortie aussi. J'ai mangé tout seul. Une fois rassasié, j'ai allumé une cigarette et me suis installé confortablement pour réfléchir aux femmes. Je voulais trouver le meilleur moyen de les détruire. Aucun doute là-dessus : je devais en finir avec elles. Je pouvais les brûler, les hacher menu, ou les noyer. Je me suis finalement décidé pour la noyade. Je pouvais faire ça tranquillement en prenant mon bain. Ensuite, je balancerais leur dépouille dans l'égout. Elles flotteraient jusqu'à la mer, où gisaient les crabes morts. Les âmes des femmes mortes s'entretiendraient avec celles des crabes morts, et ils parleraient seulement de moi. Ma gloire augmenterait. Les crabes et les femmes aboutiraient à la seule et unique conclusion inévitable : j'étais une terreur, le Tueur Maléfique de la Côte Pacifique, mais une terreur respectée par tous, crabes et femmes : un héros cruel, mais un héros malgré tout.

Douze

Après le dîner, je me suis fait couler un bain. J'étais ravi de mon repas, d'excellente humeur pour l'exécution. L'eau chaude rendrait toute l'affaire encore plus intéressante. Pendant que la baignoire se remplissait, je suis allé dans mon bureau et j'ai fermé la porte à clef derrière moi. J'ai allumé la bougie, puis soulevé la boîte qui cachait mes femmes. Elles étaient là, les unes sur les autres, toutes mes femmes, mes favorites, trente femmes sélectionnées parmi les pages des magazines d'art, des femmes irréelles mais cependant acceptables, des femmes qui m'appartenaient davantage que n'importe quelle femme en chair et en os ne m'appartiendrait jamais. Je les ai roulées, puis glissées sous ma chemise. Je ne pouvais faire autrement. Mona et ma mère étaient dans le salon ; je devais passer devant elles pour aller dans la salle de bains.

C'était donc la fin ! Le destin l'exigeait ! Quel dénouement ! J'ai regardé les murs du placard en essayant de me sentir ému. Mais ce n'était pas vraiment triste : j'avais trop hâte d'organiser leur exécution pour me sentir triste. Néanmoins, par respect pour les formes, je me suis immobilisé et les ai saluées avant de prendre congé d'elles. Ensuite, j'ai soufflé la bougie et je suis entré dans le salon. J'ai laissé la porte ouverte derrière moi. Pour la première fois, je laissais cette porte ouverte. Assise dans le salon, Mona cousait. J'ai traversé le tapis avec une légère bosse sous la taille. Mona a levé les yeux et vu la porte ouverte. Elle a été stupéfaite.

« Tu as oublié de fermer à clef la porte de ton bureau », elle a ricané.

« Je sais ce que je fais, merci. Et je fermerai cette porte à clef chaque fois que j'en aurai envie. »

« Et Nietzsche, alors ? C'est bien comme ça que tu l'appelles ? »

« T'occupe pas de Nietzsche, la bigote. »

La baignoire était pleine. Je me suis déshabillé et suis entré dans l'eau. J'avais posé les photos à l'envers sur le tapis de bain, à portée de la main.

J'ai tendu le bras et pris celle du dessus. Pour une raison quelconque, je savais que ce serait Helen. Mon instinct me le disait. Et ç'a été Helen. Helen, ma chère Helen ! Helen aux cheveux châtain clair ! Je ne l'avais pas vue depuis longtemps, presque trois semaines. Il y avait une chose étrange avec Helen, la plus étrange des femmes : je m'intéressais uniquement à elle à cause de ses ongles longs. Ils étaient si roses, ces ongles époustouflants, si pointus, si exquisement vivants. Mais je n'accordais pas un seul regard au reste de son corps, malgré sa beauté. Assise et nue, elle tenait un voile transparent sur ses épaules, chaque partie de son anatomie était une splendeur, mais seuls m'intéressaient ses beaux ongles.

« Au revoir, Helen », j'ai dit. « Adieu, mon cœur. Je ne t'oublierai jamais. Jusqu'à ma mort, je me rappellerai les innombrables promenades que nous avons faites dans les profonds champs de maïs du livre d'Anderson, et toutes ces siestes où tu mettais tes doigts dans ma bouche. Comme c'était bon ! Comme je dormais bien ! Mais maintenant, l'heure est venue de nous séparer, ma chère, ma douce Helen. Au revoir, au revoir. »

J'ai déchiré la photo et posé les morceaux sur l'eau.

Puis j'ai de nouveau tendu le bras. C'était Noisette. Je l'avais ainsi nommée à cause de la couleur de ses yeux sur la photo. Mais je ne m'intéressais qu'à une partie fort réduite de Noisette. C'étaient ses hanches qui me fascinaient — elles étaient si blanches et rembourrées. Quels bons moments nous avons passés, Noisette et moi ! Comme elle était belle ! Avant de la détruire, je me suis allongé dans la baignoire pour évoquer nos innombrables rencontres dans une chambre mystérieuse éclaboussée d'un soleil éblouissant, une chambre très blanche, avec seulement un tapis vert sur le sol, une chambre qui n'existait qu'à cause d'elle. Dans un angle, posée sans raison contre le mur, mais immuable, une longue canne mince à pommeau d'argent brillait de mille feux au soleil. Et de derrière un rideau que la brume m'empêchait de voir clairement, mais dont je ne pouvais jamais nier l'existence, Noisette arrivait d'un pas nonchalant, elle se campait au milieu de la chambre; agenouillé à ses pieds, j'admirais les courbes harmonieuses de ses hanches, mes doigts fondaient de désir pour elle, et pourtant je ne parlais jamais à ma chère Noisette, seulement à ses hanches, à qui je m'adressais comme à des âmes vivaces, leur disant qu'elles étaient merveilleuses, à quel point la vie serait absurde sans elles, et en parlant je les prenais entre mes mains et les attirais contre moi. Mais j'ai aussi déchiré cette photo, puis regardé les morceaux s'imbiber d'eau. Chère Noisette...

Ensuite il y a eu Tanya. D'habitude, je retrouvais Tanya le soir dans une caverne qu'enfants, nous avions creusée un été, il y avait très longtemps, dans les falaises de Palos Verdes, près de San Pedro. La mer était toute proche et l'on respirait l'extase des citronniers. Notre caverne était toujours pleine de vieilles revues et de journaux. Dans un coin, il y avait la poêle à frire que j'avais volée dans la cuisine de ma mère; dans un autre, une bougie brûlait en crachouillant. Il suffisait de passer un bref moment dans cette caverne pour s'apercevoir qu'elle était vraiment infecte et glaciale, car l'eau ruisselait sur tous les murs. Là, je retrouvais Tanya. Mais ce n'était pas Tanya que j'aimais. C'était sa façon de porter un châle noir sur la photo. Pourtant, ce n'était pas non plus le châle. L'un sans l'autre eût été incomplet, car seule Tanya pouvait le porter ainsi. Chaque fois que je la retrouvais, je rampais par l'ouverture de la caverne jusqu'à son centre et je retirais le châle de Tanya tandis que ses longs cheveux tombaient sur son corps, puis j'approchais le châle de mon visage, j'enfouissais mes lèvres dedans en admirant son éclat noir et je remerciais longuement Tanya de l'avoir porté une fois encore pour moi. Et chaque fois, Tanya répondait : « Mais ce n'est rien, mon chou. Je le fais volontiers. Tu es tellement chou. » Alors je lui disais : « Je t'aime, Tanya. »

Il y avait Marie. O Marie ! O toi Marie ! Toi, ton rire exquis et ton parfum profond ! J'aimais ses dents, sa bouche et l'odeur de sa chair. Nous nous retrouvions dans une pièce obscure aux murs couverts de livres pleins de toiles d'araignée. Il y avait un fauteuil en cuir près de la cheminée, et il s'agissait sans doute d'une très vaste demeure, un château ou une villa en France, car à l'autre extrémité de la pièce se dressait le grand bureau massif d'Emile Zola, tel que je l'avais vu dans un livre. Assis à ce bureau, je lisais les dernières pages de *Nana,* le passage concernant la mort de Nana ; alors Marie s'élevait de ces pages comme une brume, elle se dressait devant moi, nue, et elle riait sans discontinuer avec sa belle bouche et son parfum capiteux, jusqu'au moment où je posais mon livre ; elle marchait devant moi, posait ses mains à côté des miennes sur le livre, puis elle secouait la tête avec un sourire lourd de sens, pour que je puisse sentir sa chaleur courir sur mes doigts comme un fourmillement électrique.

« Qui es-tu ? »

« Je suis Nana. »

« Vraiment Nana ? »

« Vraiment. »

« La jeune fille qui meurt ici ? »

« Je ne suis pas morte. Je t'appartiens. »

Et je la prenais dans mes bras.

Il y avait Ruby. C'était une femme fantasque, très différente des autres, et beaucoup plus âgée aussi. Je la rencontrais toujours pendant qu'elle traversait une plaine brûlante et desséchée au-delà de la Chaîne de l'Enterrement dans la Vallée de la Mort, en Californie. Cela, parce que j'y étais allé une fois au printemps, et que je n'avais jamais oublié la beauté de cette vaste plaine, et c'était là que j'ai si souvent rencontré ensuite la fantasque Ruby, une femme de trente-cinq ans, qui courait nue dans le sable ; je la chassais et finissais par la rattraper au bord d'un bassin d'eau bleue qui distillait régulièrement une vapeur rouge au moment où je tombais avec elle dans le sable et enfonçais ma bouche dans son cou chaud mais pas si beau que ça, car Ruby vieillissait et ses tendons saillaient un peu, mais j'étais fou de sa gorge, j'adorais le contact de ses tendons palpitants pendant qu'elle haletait à l'endroit où je l'avais rattrapée et fait tomber par terre.

Et Jean ! Que j'ai aimé les cheveux de Jean ! Ils étaient dorés comme la paille, et chaque fois je la voyais sécher ses longues mèches sous un bananier qui poussait sur un monticule parmi les collines de Palos Verdes. Je l'observais pendant qu'elle peignait ses longs cheveux épais. Endormi à ses pieds, un serpent était lové comme le serpent sous les pieds de la Vierge Marie. Je m'approchais toujours de Jean à pas de loup afin de ne pas réveiller le serpent qui soupirait d'aise quand mes pieds s'enfonçaient dans son corps, me procurant un plaisir inouï, illuminant les yeux surpris de Jean, et puis mes mains se glissaient doucement et avec précaution dans la chaleur surnaturelle de la chevelure dorée, alors Jean riait et me disait qu'il ne pouvait en être autrement, et comme un voile qui tombe, elle s'abandonnait entre mes bras.

Que dire de Nina ? Pourquoi aimais-je cette fille ? Et pourquoi était-elle infirme ? Quel secret renfermait donc mon cœur pour que je l'aime si follement tout simplement parce qu'elle était handicapée ? C'était pourtant le cas ; ma pauvre Nina était infirme. Pas sur la photo, oh elle n'était pas infirme sur la photo ; seulement quand je la rencontrais, elle avait un pied plus petit que l'autre, on aurait dit un pied de poupée. Nous nous retrouvions dans l'église catholique de mon adolescence, St. Thomas à Wilmington ; là, revêtu de la soutane sacerdotale, le sceptre à la main, j'officiais sur l'autel central. Tout autour de moi, les pécheurs agenouillés pleuraient après que je les ai fustigés à cause de leurs péchés ; aucun n'avait le courage de lever les yeux sur moi, car dans les miens brillait une folle sainteté, le dégoût du péché. Alors, de l'arrière de l'église arrivait cette fille, cette infirme souriante qui savait qu'elle allait me faire rompre mes vœux et pécher avec elle devant tous les fidèles, pour qu'ils puissent se moquer de moi, tourner ma sainteté en ridicule et révéler au monde entier mon hypocrisie. Elle arrivait en boitant, à chacun de ses pas douloureux elle se déshabillait, ses lèvres humides arboraient le sourire du triomphe imminent, et moi, avec la voix tremblante d'un roi déchu, je lui hurlais de s'en aller, à cette diablesse qui m'ensorcelait et me réduisait à sa merci. Mais elle approchait inexorablement, les fidèles étaient frappés d'horreur, ses bras enlaçaient mes genoux et m'attiraient vers elle, dissimulant son pied ratatiné, jusqu'au moment où, incapable de lui résister davantage, je m'effondrais sur elle en poussant un cri et reconnaissais joyeusement ma faiblesse tandis qu'autour de moi s'élevait le brouhaha d'une foule qui sombrait progressivement dans un morne oubli.

Et voilà. Voilà comment, une à une, je les ai ramassées, je me suis souvenu d'elles, je leur ai fait mes adieux en les embrassant, et je les ai déchirées. Certaines, qui refusaient d'être détruites, me suppliaient d'une voix pitoyable dans les profondeurs brumeuses des vastes espaces où nous nous étions aimés parmi l'étrange clair-obscur des rêves éveillés, et les échos de leurs prières se perdaient dans la pénombre obscurcie où trônait Arturo Bandini, confortablement installé dans l'eau tiède de son bain pour savourer l'adieu à des êtres qui lui avaient été chers, malgré leur manque d'existence charnelle.

Il y en avait une, surtout, que j'hésitais à détruire. Elle seule m'a donné des remords. Je l'avais surnommée la Petite Fille. A chaque fois, elle incarnait la femme impliquée dans un meurtre à San Diego ; elle avait tué son mari avec un couteau et avoué son crime aux policiers en riant. Je la retrouvais d'habitude dans la misère sordide qui avait accompagné la fondation de Los Angeles, avant l'époque de la ruée vers l'or. Elle était très cynique pour une petite fille, et très cruelle. La photo que j'avais découpée dans une revue de nouvelles policières ne laissait aucune place à l'imagination. Ce n'était pas du tout une petite fille. Simplement, je l'appelais ainsi. C'était une femme qui détestait mon visage, mon contact, et qui néanmoins me trouvait irrésistible ; elle m'injuriait tout en m'adorant passionnément. Je la rejoignais dans une sombre hutte aux murs de boue et aux fenêtres condamnées ; la chaleur de la ville endormait tous les indigènes au point qu'il n'y avait pas un chat dans les rues de ce Los Angeles embryonnaire ; allongée sur un lit de camp, elle me maudissait d'une voix haletante tandis que le bruit de mes pas résonnait sur les trottoirs déserts, puis devant sa porte. Le couteau dans sa main m'amusait et me faisait sourire ; de même, ses cris horribles. J'étais diabolique. Alors mon sourire lui enlevait toute force, la main qui tenait le couteau se pâmait, le couteau tombait à terre, l'horreur et la haine la recroquevillaient, mais elle était folle d'amour. Voilà pour l'histoire de la Petite Fille; de toutes mes femmes, elle était de loin ma préférée. Je l'ai détruite à contrecœur. Longtemps j'ai hésité, car je savais qu'une fois détruite, elle serait soulagée de mes tourments : je ne pourrais plus la harceler comme un démon, ni la posséder en éclatant d'un rire plein de mépris. Mais le destin de la Petite Fille était scellé. Je ne pouvais pratiquer deux poids deux mesures. Comme les autres, j'ai déchiré la Petite Fille.

Quand la dernière a été détruite, les morceaux recouvraient la surface de l'eau, laquelle était devenue invisible. Tristement, je l'ai remuée. Elle était du gris noirâtre de l'encre qui se dissout. C'était fini. Le spectacle était terminé. Fier d'avoir pris cette décision courageuse, j'ai rassemblé tous les morceaux de photos. Je me suis félicité pour ma détermination, pour l'obstination dont j'avais fait preuve en menant à bien cette tâche difficile. Confronté aux pièges de la sentimentalité, j'avais été impitoyablement de l'avant. J'étais un héros, personne n'aurait pu se moquer de ma bravoure. Je me suis levé pour les regarder avant de tirer la bonde. Petits fragments d'amour perdu. Au tout à l'égout, les romances d'Arturo Bandini ! Allez donc rejoindre la mer. Entamez votre sombre voyage à travers les canalisations jusqu'au pays des crabes défunts. Bandini a parlé. Tirons la chasse !

Alors tout fut consommé. Debout, ruisselant d'eau, j'ai salué.

« Au revoir », j'ai dit. « Adieu, femmes.

Aujourd'hui, à la conserverie, ils se sont moqués de moi, et cela par votre faute, car vous avez empoisonné mon esprit, vous m'avez rendu impuissant contre l'agression de la vie. Maintenant, vous êtes mortes. Adieu. Adieu pour toujours. Quiconque, homme ou femme, ridiculise Arturo Bandini, connaîtra une fin prématurée. J'ai parlé. Amen. »

Treize

Endormi ou éveillé, peu importait, je haïssais la conserverie et empestais comme un panier de maquereaux. Elle ne me quittait jamais, cette puanteur de cheval crevé au bord de la route. Elle me suivait dans les rues. Elle pénétrait avec moi dans les immeubles. Le soir, quand je me glissais dans mon lit, elle était là, telle une couverture serrée autour de moi. Et dans mes rêves, il n'y avait que poissons poissons poissons, maquereaux visqueux dans un bassin noir, et moi ligoté à une branche qui descendait lentement dans l'eau. Elle imprégnait ma nourriture et mes vêtements, je la goûtais même sur ma brosse à dents. La même chose arrivait à Mona et à ma mère. Finalement, ç'a été si grave que le vendredi, nous avons mangé de la viande à dîner. Ma mère n'a pas pu supporter l'idée du poisson, bien que ce fût un péché de ne pas manger de poisson un vendredi.

Depuis mon adolescence, je méprisais le savon. J'étais convaincu de ne jamais pouvoir m'habituer à ce machin glissant et sournois, à son odeur fade, efféminée. Mais maintenant je l'utilisais contre la puanteur du poisson. Jamais je n'avais pris autant de bains. Un samedi, j'ai même pris deux bains — un après le travail et un autre avant d'aller me coucher. Chaque soir, je restais dans la baignoire et lisais des livres jusqu'à ce que l'eau soit froide et ressemble à de l'eau de vaisselle croupie. Je frottais ma peau avec le savon jusqu'à ce qu'elle brille comme une pomme. Mais tout cela était absurde, une perte de temps pure et simple. Il n'y avait qu'une seule façon de se débarrasser de cette odeur : quitter la conserverie. Je sortais toujours de la baignoire en dégageant deux puanteurs mêlées — savon et maquereau mort.

Dès que les gens me sentaient arriver, ils savaient qui j'étais et ce que je faisais. Je ne tirais aucune satisfaction de mon statut d'écrivain. Dans le bus, on me reconnaissait immédiatement ; au cinéma aussi. Voilà un gars des conserveries. Bon Dieu, tu ne sens donc rien ? J'avais la fameuse odeur.

Un soir je suis allé au cinéma. Je me suis assis tout seul, dans un coin, mon odeur et moi. Mais la distance était un obstacle ridicule pour cette chose. Elle m'a quitté pour aller faire un tour, puis elle m'est revenue comme un truc mort attaché à un élastique. Aussitôt, les têtes se sont retournées. Pas de doute, il y avait un ouvrier des conserveries dans les parages. Froncements de sourcils et reniflements s'en sont ensuivis. Puis marmonnements et bruits de pas. Autour de moi, les gens se sont levés, puis éloignés. N'approchez pas, c'est un gars des conserveries. Voilà pourquoi je ne suis pas retourné au cinéma. Mais je m'en foutais. Les films sont seulement destinés à la populace.

Le soir, je restais à la maison pour lire des livres.

Je n'osais plus aller à la bibliothèque.

J'ai dit à Mona : « Rapporte-moi des livres de Nietzsche. Rapporte-moi le puissant Spengler. Rapporte-moi Auguste Comte et Emmanuel Kant. Rapporte-moi des livres que la populace ne peut pas lire. »

Mona me les a rapportés. Je les ai tous lus ; la plupart étaient très difficiles à comprendre, certains si rasoirs que j'ai dû faire semblant de les trouver passionnants, et d'autres si soporifiques que j'ai dû les lire à haute voix comme un acteur pour ne pas m'endormir dessus. Mais d'habitude, j'étais trop fatigué pour lire. Un petit moment dans la baignoire me suffisait amplement. Les mots flottaient devant mes yeux comme des fils dans la brise. Je m'endormais. Le lendemain matin, je me retrouvais au lit, déshabillé, le réveil sonnait, et je me demandais comment ma mère s'y était prise pour ne pas me réveiller. En m'habillant, je songeais aux livres que j'avais lus la veille au soir. Je me rappelais seulement une phrase ici ou là, et puis le fait que j'avais tout oublié.

J'ai même lu un livre de poésies. Il m'a écœuré, ce livre, je me suis juré de ne plus jamais en lire. J'ai détesté cette poétesse. J'aurais voulu lui faire passer quelques semaines dans une conserverie. Alors son style aurait certainement changé.

Mais je pensais surtout à l'argent. Je n'en avais jamais beaucoup. Cinquante dollars a été la plus grosse somme que j'eusse jamais eue d'un coup. Je roulais souvent des bouts de papier dans mes mains en faisant comme s'il s'agissait d'un rouleau de billets de mille dollars. Debout devant le miroir, j'épluchais ma liasse pour payer des tailleurs, des vendeurs de voitures, et des putains. J'ai offert un pourboire de mille dollars à une putain. Alors elle m'a proposé de passer avec moi les six mois suivants, à l'œil. J'ai été si touché que j'ai tiré de mon rouleau un autre billet de mille, que je lui ai donné par pure générosité. Là-dessus, elle m'a promis de changer de métier. J'ai dit ta, ta, ta, ma chérie, et je lui ai donné le reste du rouleau : soixante-dix mille dollars.

A une rue de notre appartement se trouvait la Banque de Californie. Souvent le soir, je restais debout à la fenêtre pour regarder cette banque se pavaner insolemment au coin de la rue. J'ai fini par trouver un moyen de la dévaliser sans me faire prendre. A côté de la banque, il y avait un teinturier. Mon idée consistait à creuser un tunnel à partir de chez le teinturier jusqu'au coffre-fort de la banque. Une voiture m'attendrait derrière. Le Mexique était seulement à cent miles.

Quand je ne rêvais pas de poissons, je rêvais d'argent. Je me réveillais fréquemment avec le poing serré, convaincu qu'il contenait de l'argent, une pièce d'or, et redoutant d'ouvrir la main car je savais que mon esprit me jouait un tour et qu'il n'y avait pas un sou au creux de ma main. J'ai fait le vœu que, si un jour j'avais assez d'argent, j'achèterais la Soyo Fish Company, j'organiserais une fête du tonnerre de Dieu pour le 4 juillet, et le lendemain matin je brûlerais l'usine de fond en comble.

Le travail était dur. L'après-midi, le brouillard se levait et le soleil tapait. Ses rayons se réverbéraient dans la baie bleue à l'intérieur de la soucoupe formée par les collines de Palos Verdes, et cela créait une vraie fournaise. A la conserverie, c'était pire. Il n'y avait pas d'air, même pas assez pour remplir une seule narine. Toutes les fenêtres étaient clouées avec des clous rouillés, les vitres couvertes de toiles d'araignée et de la graisse crasseuse du temps. Le soleil, qui frappait la tôle ondulée du toit comme un marteau chauffé au rouge, plaquait la chaleur au sol. Une vapeur brûlante s'échappait des cuves et des fours. Un surcroît de vapeur sortait des énormes bains d'engrais. Ces deux flux de vapeur se heurtaient de plein fouet, on les voyait se mélanger, et nous étions au beau milieu de la mêlée, à transpirer dans le tohu-bohu des conserves qui s'entrechoquaient.

Certes, mon oncle avait raison à propos de ce boulot. On pouvait le faire sans réfléchir. Autant laisser son cerveau chez soi le matin avant d'aller bosser. Nous passions toute la sainte journée au même endroit, à bouger les bras et les jambes. De temps en temps, nous déplacions le poids de notre corps d'un pied sur l'autre. Quand on voulait bouger pour de bon, il fallait descendre de la plateforme pour aller au robinet d'eau ou aux toilettes. Nous avions une combine, qui consistait à y aller à tour de rôle : chacun avait droit à dix minutes aux toilettes. Pas besoin de garde-chiourme avec ces machines. Le matin, quand l'étiquetage commençait, Shorty Naylor enclenchait la manette, puis quittait l'atelier. Il connaissait bien ces machines. Nous n'aimions pas les voir prendre de l'avance sur nous. Chaque fois que cela arrivait, ça nous blessait vaguement. Ce n'était pas la douleur qu'on ressent en prenant un bon coup d'épingle dans les fesses, mais une tristesse qui à la longue était pire. Si nous tenions le coup, il y avait toujours un gars dans la chaîne qui craquait. Il se mettait à gueuler. En amont, nous devions alors augmenter la cadence pour combler notre retard sur le tapis roulant et soulager le copain. Personne n'aimait cette machine. Peu importait que vous soyez Philippin, Italien ou Mexicain. A tous, elle tapait sur les nerfs. Et puis elle avait besoin d'entretien. Elle ressemblait à un enfant. Chaque fois qu'elle tombait en panne, la panique se répandait dans toute la conserverie. Plus rien ne fonctionnait. Quand les machines étaient réduites au silence, on se croyait ailleurs. Ce n'était plus une conserverie, mais un hôpital. Nous attendions, nous parlions à voix basse en attendant que les mécaniciens aient terminé leur réparation.

Je travaillais dur parce que je n'avais pas

le choix, et je ne me plaignais pas beaucoup parce qu'il n'y avait pas le temps de se plaindre. Le plus souvent j'alimentais la machine en pensant à l'argent et aux femmes. Mes pensées faisaient passer le temps plus vite. C'était le premier boulot que j'avais où moins on pensait, plus c'était facile. Je mettais beaucoup de passion à penser aux femmes. Sans doute parce que la plate-forme tremblait constamment. Un rêve de femme se fondait dans le suivant, et les heures passaient ainsi tandis que, rivé à la machine, j'essayais de me concentrer sur mon travail pour que les autres gars continuent d'ignorer mes pensées.

A travers le brouillard vaporeux, je voyais la porte ouverte de l'autre côté de l'atelier. Là s'étendait la baie bleue sillonnée par des centaines de mouettes sales et amorphes. De l'autre côté de la baie, il y avait le quai de Catalina. Toutes les trois ou quatre minutes, le matin, des vapeurs et des avions quittaient ce quai en direction de l'île de Catalina, à vingt-cinq kilomètres. Par la porte embrumée, j'apercevais les flotteurs rouges des hydravions qui décollaient. Le service des vapeurs fonctionnait seulement le matin, mais toute la journée les avions s'envolaient à destination de la petite île distante de vingt-cinq kilomètres. Les flotteurs rouges ruisselants d'eau scintillaient au soleil, effrayaient les mouettes. D'où j'étais, je pouvais seulement voir les flotteurs. Rien d'autre. Jamais les ailes ni le fuselage.

Dès le premier jour, cela m'a agacé. Je

voulais voir l'avion tout entier. J'avais souvent vu des avions en allant au travail. Debout sur le pont, je regardais les pilotes les bricoler, et je connaissais tous les avions de la flotte. Mais ça m'a taraudé l'esprit de voir seulement les flotteurs par la porte. Je me suis mis à penser des trucs fous. J'imaginais qu'il arrivait de drôles de choses aux parties invisibles de l'avion — que des passagers clandestins s'accrochaient aux ailes, par exemple. Je voulais foncer vers la porte pour en avoir le cœur net. J'avais sans arrêt des pressentiments. Je souhaitais une bonne tragédie. Je voulais voir les avions exploser, les passagers se noyer dans la baie. Certains matins j'arrivais au travail avec une idée fixe : quelqu'un allait trouver la mort dans la baie. J'y croyais dur comme fer. Le prochain avion, je me disais, le prochain avion n'arrivera jamais à Catalina : il va s'écraser au décollage ; les gens hurleront, les femmes et les enfants se noieront dans la baie ; Shorty Naylor va relever la manette et nous irons tous voir les sauveteurs tirer les cadavres hors de l'eau. Ça va arriver. C'est inévitable. Je croyais posséder des dons de divination. Et ainsi, toute la sainte journée, les avions décollaient. Mais d'où j'étais, je pouvais seulement voir les flotteurs. Je mourais d'envie de courir vers la porte. Le suivant va sûrement s'écraser. Je faisais des bruits dans ma gorge, je me mordais les lèvres en attendant fiévreusement l'avion suivant. Bientôt, j'ai entendu le rugissement des moteurs, assourdi par le vacarme de la conserverie, et j'ai calculé le temps qui lui restait à voler. La mort, enfin ! Maintenant, ils vont mourir ! Quand le moment est arrivé, j'ai arrêté de travailler et lancé un regard affamé vers la porte. Pour le décollage, la trajectoire des avions ne variait pas d'un poil. A travers la porte, la perspective ne changeait pas davantage. Cette fois, comme toujours, j'ai seulement vu les flotteurs. J'ai soupiré. Ah bon, qui sait ? Il va peut-être s'écraser au-delà du phare, au bout de la jetée. Je le saurai dans une minute. Les sirènes du garde-côte vont retentir. Mais les sirènes n'ont pas retenti. Un autre avion venait d'échapper à la catastrophe.

Un quart d'heure après, j'ai entendu le rugissement du suivant. Nous étions censés rester à nos postes. Mais au diable les ordres. J'ai sauté à bas de la plate-forme et couru vers la porte. Le gros avion rouge décollait. Je l'ai vu en entier, mes yeux se sont régalés avant la tragédie. Là-bas, la mort rôdait. Elle allait frapper d'un instant à l'autre. L'avion s'est élancé à travers la baie, il a bondi en l'air et mis le cap sur le phare de San Pedro. De plus en plus petit. Lui aussi avait fait la nique au destin. J'ai secoué le poing vers lui.

« Tu ne perds rien pour attendre ! » j'ai hurlé.

Tous les gars de la chaîne d'étiquetage m'ont regardé avec stupéfaction. Je me suis senti idiot. J'ai pivoté sur mes talons et marché vers eux. Leurs yeux m'accusaient, comme si j'avais couru vers la porte pour essayer de tuer un bel oiseau.

Aussitôt j'ai eu d'eux une conception différente. Ils m'ont paru parfaitement stupides. Ils travaillaient tellement dur. Avec leurs femmes à nourrir, une ribambelle de gamins crasseux, leurs soucis relatifs aux factures d'électricité, aux notes d'épicier, ils étaient si lointains, si détachés, nus dans leurs salopettes sales, avec leurs stupides visages tavelés de Mexicains, empêtrés dans la bêtise, ils me regardaient revenir en me prenant pour un cinglé, et ils me faisaient trembler de rage. Un amas de glaviots glaireux, de lentes limaces engluées, scories visqueuses d'humanité minable aux tristes regards résignés de chien battu. Ils me croyaient cinglé parce que je ne ressemblais pas à un chien battu. Qu'ils me croient donc cinglé ! Bien sûr que je suis cinglé ! Espèce de cloportes, enfoirés, demi-portions ! Je me fous de ce que vous pensez. J'étais écœuré de devoir supporter leur proximité. Je voulais les rosser, l'un après l'autre, les réduire en une masse informe de plaies sanguinolentes. Je voulais leur hurler de se garder leurs foutus regards de serpillières mélancoliques, car ils retournaient une pierre tombale au fond de mon cœur, une fosse, un trou, une douleur mise à nu, un réceptacle d'où émergeait la procession torturante des morts qui emboîtaient le pas à d'autres morts en exhibant l'amère souffrance de leur existence.

La machine claquait et cliquetait. J'ai repris ma place à côté d'Eusebio, et je me suis remis au travail, la routine habituelle, préparer les conserves pour la machine, résigné à ne pas posséder le moindre don de divination, convaincu que la tragédie frappait seulement en traître, au plus noir de la nuit. Les gars m'ont observé me remettre au travail, puis ils ont repris le leur, me classant définitivement dans la catégorie des cinglés. Personne n'a rien dit. Les minutes ont passé. Puis une heure.

Eusebio m'a donné un coup de coude.

« Car pourquoi tu cours comme ça ? »

« Le pilote. Un vieil ami à moi. Le colonel Buckingham. Je voulais lui faire signe. »

Eusebio a secoué la tête.

« Conneries, Arturo. Tu es plein de conneries. »

Quatorze

De mon poste de travail sur la chaîne, je voyais aussi le *California Yacht Club*. Les premières ondulations vertes des collines de Palos Verdes constituaient l'arrière-plan. Le paysage semblait tiré des livres sur l'Italie que je connaissais. Des drapeaux éclatants claquaient sur les mâts des yachts. Un peu plus loin, les grosses vagues déferlaient contre les blocs des jetées. Sur les ponts des yachts, des hommes et des femmes vêtus de blanc vaquaient d'un pas désinvolte. C'étaient les richards. Ils vivaient dans les quartiers des gens de cinéma, fréquentaient les milieux financiers de Los Angeles. Ils possédaient d'immenses fortunes, ces bateaux étaient leurs jouets. Dès qu'ils en avaient envie, ils quittaient leur travail en ville et descendaient au port pour jouer avec eux, et ils emmenaient leurs femmes.

Et quelles femmes ! Ça me coupait le souffle simplement de les voir arriver dans leurs grosses voitures, si belles, si élégantes, tellement à l'aise dans toute cette richesse, leurs cigarettes inclinées avec une telle désinvolture, leurs dents si lisses et brillantes, leurs vêtements si irrésistibles portés avec un tel chic, qui cachaient leur moindre défaut physique et les rendaient parfaites, idéales. A midi, quand les grosses voitures descendaient la route en rugissant à côté de la conserverie et que nous étions dehors pour l'heure du déjeuner, je les regardais comme un voleur mate des bijoux. Pourtant, elles semblaient si lointaines que je les détestais, et ma haine les rapprochait de moi. Un jour, elles m'appartiendraient. Je les posséderais, elles et les voitures qui les transportaient. Après la révolution, elles seraient miennes, les humbles sujets du Commissaire Bandini qui régnerait en seigneur et maître sur le Soviet de San Pedro.

Je me rappelle une femme sur un yacht. Elle était à une soixantaine de mètres de moi. Je ne distinguais pas son visage à cette distance. Seuls ses mouvements étaient nets, tandis qu'elle marchait sur le pont comme une reine des pirates en maillot de bain blanc immaculé. Elle arpentait le pont d'un yacht qui se prélassait comme un chat paresseux dans l'eau bleue. C'était un simple souvenir, l'impression de quitter la chaîne d'étiquetage et d'être aspiré par la porte. Un simple souvenir, mais je suis tombé amoureux d'elle, la première femme réelle que j'aie jamais aimée. De temps à autre, elle se penchait au-dessus du bastingage pour regarder l'eau. Puis elle reprenait ses déambulations, ses cuisses splendides cisaillant l'air. Une fois, elle s'est retournée pour regarder en direction de la conserverie.

Elle a regardé pendant quelques minutes. Elle ne pouvait pas me voir, mais elle regardait droit vers moi. Pour moi, ç'a été le coup de foudre. Ce devait être l'amour, mais pourtant c'était peut-être seulement son maillot de bain. J'ai considéré le problème sous toutes les coutures, pour finalement conclure que c'était de l'amour. Elle m'a regardé longtemps, puis elle s'est retournée et remise à marcher. Je suis amoureux, j'ai dit. C'est donc ça, l'amour ! Toute la journée, j'ai pensé à elle. Le lendemain, le yacht était parti. Je me posais des questions à son sujet, et même si cela ne paraissait jamais important, j'étais sûr d'être amoureux d'elle. Au bout d'un certain temps, j'ai cessé de penser à elle, elle est devenue un souvenir, une simple pensée qui me permettait de passer le temps devant la chaîne d'étiquetage. Mais je l'ai aimée ; elle ne m'a jamais vu, je n'ai jamais vu son visage, mais c'était bel et bien de l'amour. Je ne parvenais pourtant pas à me convaincre que je l'avais aimée ; malgré tout, j'ai décidé que pour une fois j'avais tort et que je l'avais réellement aimée.

Un jour, une belle fille blonde est entrée dans l'atelier d'étiquetage. Elle est arrivée avec un type qui portait des guêtres et une élégante moustache. J'ai ensuite appris qu'il s'appelait Hugo. C'était le propriétaire de la conserverie, il possédait aussi celle de Terminal Island ainsi qu'une autre à Monterey. Personne ne connaissait la fille. Ecœurée par la puanteur, elle s'accrochait à son bras. J'ai deviné que l'endroit lui déplaisait. Elle ne devait pas avoir plus de vingt ans. Elle portait un manteau vert. Son dos était aussi parfaitement arqué qu'une douve de tonneau et elle portait des chaussures blanches à hauts talons. Hugo observait la salle d'un œil froid. Elle lui a chuchoté quelque chose. Il a souri en tapotant son bras. Ensemble, ils se sont éloignés. A la porte, la fille s'est retournée pour nous regarder. J'ai baissé la tête car je ne voulais pas que cette adorable beauté me voie parmi tous ces Mexicains et ces Philippins.

Eusebio était mon voisin sur la chaîne d'étiquetage.

Il m'a envoyé un coup de coude en disant : « Tu aimes, Arturo ? »

« Ne sois pas stupide », j'ai répondu. « C'est une pute, purement et simplement. Une pute capitaliste. La révolution mettra un terme à sa triste carrière. »

Mais je n'ai jamais oublié cette petite en manteau vert et chaussures blanches à hauts talons. J'étais sûr de la retrouver un jour ou l'autre. Peut-être quand je serai riche et célèbre. Même alors je ne connaîtrais pas son nom, mais j'engagerais des détectives pour filer Hugo jusqu'au jour où ils découvriraient l'appartement où il la tiendrait quasiment prisonnière parmi ses absurdes richesses. Alors les détectives me donneraient l'adresse de l'endroit. J'irais et présenterais ma carte.

« Vous ne vous souvenez pas de moi », je dirais avec un sourire.

« Euh, non. Je crains bien que non. »

Ah. Alors je parlerais à la fille du fameux jour où elle était venue visiter la *Soyo Fish*

Company, des années plus tôt. Je lui dirais comment moi, pauvre hère parmi cette bande de Mexicains et de Philippins ignares, j'ai été bouleversé par sa beauté au point de ne pas oser lui montrer mon visage. Et puis je rirais.

« Mais vous savez bien sûr qui je suis aujourd'hui. »

Je l'emmènerais jusqu'à ses étagères, où l'on verrait mes propres livres parmi les rares ouvrages indispensables comme la Bible et le dictionnaire, puis je sortirais mon livre *le Colosse du Destin,* ce roman pour lequel j'aurais reçu le Prix Nobel.

« Voulez-vous que je vous le dédicace ? »

Alors, avec un cri de surprise, elle comprendrait.

« Comment ? Vous êtes Bandini ? Le célèbre Arturo Bandini ? »

Ah. Et de nouveau, je rirais.

« En chair et en os ! »

Quelle journée ! Quel triomphe !

Quinze

Un mois a passé, j'ai touché quatre chèques. Quinze dollars la semaine.

Je ne réussissais pas à m'habituer à Shorty Naylor. Et vice versa, d'ailleurs. Je ne pouvais pas lui parler, mais il ne pouvait pas davantage me parler. Ce n'était pas le genre de type à dire : Salut, comment va ? Il se contentait d'un simple hochement de tête. Et ce n'était pas le genre de type à discuter la situation dans les conserveries ou la politique mondiale. Il était trop froid. Il me tenait à distance. Il faisait tout pour que je me sente dans la peau d'un employé. Je le savais bien, que j'étais employé. Je ne voyais pas l'utilité d'en rajouter.

La fin de la saison du maquereau approchait. Un après-midi, nous avons fini d'étiqueter une livraison de deux cents tonnes. Shorty Naylor s'est pointé avec un crayon et un bloc. Les maquereaux étaient en boîtes, les boîtes tamponnées, prêtes à partir. Un cargo mouillait dans le port, qui attendait son chargement pour l'acheminer jusqu'en Allemagne — une maison de gros à Berlin.

Shorty nous a ordonné de transporter la cargaison sur les quais. J'ai essuyé la sueur de mon visage quand la machine s'est arrêtée ; puis, avec ma bonne humeur et ma tolérance habituelles, j'ai marché vers Shorty et lui ai assené une solide claque dans le dos.

« Comment se porte l'industrie de la conserverie, Naylor ? » je lui ai demandé. « Quel genre de compétition nous font donc les Norvégiens ? »

Il a enlevé ma main de son épaule.

« Va t' chercher un diable, et au boulot. »

« Quel maître inflexible », j'ai répondu. « Vous êtes un maître inflexible, Naylor. »

Je me suis éloigné d'une douzaine de pas, puis il m'a appelé. Je suis revenu vers lui.

« Tu sais te servir d'un diable ? »

Je n'avais jamais touché à ce genre d'engin. Je ne savais même pas que ça s'appelait un diable. Evidemment que j'ignorais comment manœuvrer un diable. J'étais écrivain. J'ai éclaté de rire en remontant mon pantalon.

« Très drôle ! Si *moi,* je sais me servir d'un diable ! Vous avez le toupet de me demander ça ! Bah. Si je sais me servir d'un diable ! »

« Si tu sais pas, dis-le. Essaie pas de m'embobiner. »

J'ai secoué la tête en regardant par terre.

« Si je sais me servir d'un diable ! Et vous me demandez ça ! »

« Alors, oui ou non ? »

« Votre question est d'une sidérante absurdité. Si je sais me servir d'un diable !

Bien sûr que je sais me servir d'un diable. Naturellement ! »

Sa lèvre s'est retroussée comme la queue d'un rat.

« Où as-tu appris à te servir d'un diable ? »

Je me suis adressé à tous les gars de l'atelier. « Maintenant il veut savoir où j'ai travaillé avec un diable ! Vous vous rendez compte ! Il veut savoir où j'ai appris à me servir d'un diable. »

« Très bien, nous perdons du temps. Où ? J' te demande où. »

Je lui ai répondu du tac au tac.

« Sur le port. Les réservoirs d'essence. Docker. »

Ses yeux ont rampé sur moi, sa lippe s'est ourlée de vagues fatiguées, il a pris un air totalement dégoûté.

« *Toi,* docker ! »

Il a ri.

Je l'ai haï. L'imbécile. Le crétin, le chien, le rat, le salopard. Chien à face de rat. Que savait-il de mon passé ? D'accord, j'avais menti. Mais qu'en savait-il ? Lui — ce rat totalement dépourvu de culture qui n'avait probablement jamais lu un livre de sa vie. Bon Dieu ! Ce type ne saurait jamais rien. Autre chose encore. Il n'était pas si impressionnant que ça, avec sa bouche édentée pleine de jus de tabac et ses yeux de rat bouilli.

« Bien », j'ai dit. « Je vous observe depuis un petit moment, Saylor ou Taylor ou Naylor, ou quel que soit le foutu nom qu'on vous donne dans ce gourbi dont personnellement je n'ai rien à secouer ; et à moins que mon jugement ne soit complètement faussé, vous valez pas tripette, Saylor ou Baylor ou Taylor ou Naylor, ou quel que soit votre saleté de nom. »

Un mot infect, trop ignoble pour que je le répète ici, a suinté le long de son visage. Il a griffonné sur son bloc en feignant de ne pas faire attention à moi, mais c'était pure hypocrisie, une ruse issue des profondeurs cloacales de son esprit ; il a gratté comme un rat, un rat inculte, et je l'ai tellement haï que j'aurais pu lui arracher le doigt d'un coup de dents et le lui recracher au visage. Regardez-moi ça ! Ce rat qui alignait ses petits gribouillis en pattes de rat sur une feuille de papier semblable à un bout de fromage, avec ses ridicules crocs de rongeur, le porc, le rat de poubelle, le rat d'eau croupie. Mais pourquoi ne disait-il rien ? Ah. Parce que enfin il avait trouvé son égal en ma personne, parce qu'il était impuissant devant les êtres meilleurs que lui.

Du menton, j'ai désigné la pile des cartons de conserves.

« Je vois que tout ça doit partir pour l'Allemagne. »

« Sans blague ? » il a dit en continuant de griffonner.

Mais je n'ai pas bronché à cette lourde tentative de sarcasme. Son trait d'esprit n'a pas percé la cuirasse de ma haine. Je me suis muré dans une gravité silencieuse.

« Dites donc, Naylor, ou Baylor, ou quel que soit votre nom — que pensez-vous de l'Allemagne moderne ? Etes-vous d'accord avec la *Weltanschauung* de Hitler ? »

Pas de réponse. Pas un mot, seul le crissement de son crayon m'a répondu. Et pourquoi ? Tout simplement parce que *Weltanschauung* a été trop pour lui ! Beaucoup trop pour cette face de rat. Ça l'a époustouflé, ratiboisé. Pour la première et dernière fois de son existence, il entendait ce mot. Il a remis son crayon dans sa poche et regardé par-dessus mon épaule. Il a dû se dresser sur la pointe des pieds, car c'était un ridicule petit nabot de rien du tout.

« Manuel ! » il a crié. « Ho, Manuel ! Viens ici une minute. »

Manuel est arrivé, effrayé, le souffle court, car Shorty ne s'adressait à personne par son nom, à moins de vouloir le virer. Manuel avait trente ans, un visage affamé et des pommettes aussi saillantes que des œufs. Il travaillait en face de moi sur la chaîne. Je passais beaucoup de temps à le regarder à cause de ses dents énormes. Elles étaient blanches comme du lait, mais beaucoup trop grandes pour son visage ; sa lèvre supérieure ne parvenait pas à les dissimuler. Il me faisait penser aux dents, et à rien d'autre.

« Manuel, montre à ce gars comment on se sert d'un diable. »

Je l'ai interrompu. « C'est tout à fait superflu, Manuel. Mais dans les circonstances présentes, c'est lui qui donne les ordres ; et comme on dit, un ordre est un ordre. »

Manuel s'était rangé dans le camp de Shorty.

« Viens », il a dit. « Je te montre. »

Il m'a entraîné à l'écart tandis que les mots orduriers suintaient de nouveau de la bouche de Shorty, parfaitement audibles.

« Tout ceci m'amuse », j'ai dit. « C'est drôle, tu sais. J'ai envie de rire. Quel lâche. »

« Je te montre. Viens. Ordres du patron. »

« Le patron est un poltron. Il souffre de *dementia praecox.* »

« Non non ! Ordres du patron. Viens. »

« Très amusant avec une nuance macabre — personnage digne de Krafft-Ebing. »

« Ordres du patron. N'y peux rien. »

Nous sommes allés dans la pièce où on les entreposait, et chacun de nous a pris un diable. Manuel a poussé le sien vers la porte. Je l'ai imité. C'était plutôt facile. On appelait donc ça un diable. Quand j'étais môme, tout le monde parlait de voitures à bras. Tout individu doté de deux mains pouvait se servir d'un diable. La nuque de Manuel ressemblait à la fourrure d'un chat noir rasée par un couteau de boucher rouillé. Il y avait des échelles partout : une coupe de cheveux maison. Le fond de sa salopette était rapiécé d'un morceau de toile blanche. Il était mal cousu, comme s'il avait utilisé une épingle à cheveux et un bout de ficelle. Les talons de ses chaussures étaient totalement éculés et ses semelles remplacées par des cordes humides maintenues ensemble avec de gros clous. Il semblait si pauvre que ça m'a rendu furieux. Je connaissais une kyrielle de gens pauvres, mais Manuel n'avait pas besoin d'être pauvre *à ce point.*

« Dis », j'ai fait. « Combien gagnes-tu, pour l'amour du ciel ? »

La même chose que moi. Vingt-cinq cents de l'heure.

Il m'a regardé droit dans les yeux, ce grand type mince prêt à craquer, avec ses yeux honnêtes, sombres, mais très méfiants et profondément enfoncés dans leurs orbites. Il avait le regard mélancolique de chien battu de presque tous les péons.

Il a dit : « Tu aimes le travail à la conserverie ? »

« Il m'amuse. C'est parfois drôle. »

« J'aime. J'aime beaucoup. »

« Pourquoi ne te paies-tu pas des chaussures neuves ? »

« Pas assez d'argent. »

« T'es marié ? »

Il a hoché vivement et rapidement la tête, vaguement gêné par ma question.

« T'as des mômes ? »

Ça aussi, ça l'a gêné. Il avait trois mômes, car il a levé trois doigts tordus en souriant.

« Comment t'en tires-tu avec ce salaire de misère ? »

Il ne savait pas. Bon Dieu, il ne savait pas, mais il s'en sortait. Il a porté la main à son front en un geste de désespoir. Ils vivaient en se privant quasiment de tout, mais un jour suivait le précédent, et ils étaient toujours là.

« Pourquoi ne demandes-tu pas une augmentation ? »

Il a secoué violemment la tête.

« Peut-être viré. »

« Tu sais ce que tu es ? » j'ai dit.

Non. Il ne savait pas.

« Tu es un crétin. Un foutu abruti de première catégorie. Regarde-toi un peu ! Tu appartiens à la dynastie des esclaves. Les classes dirigeantes te bottent le cul. Pourquoi ne pas te comporter en homme et faire la grève ? »

« Pas de grève. Non non. Alors viré. »

« Tu es un crétin. Un foutu crétin. Regarde-toi ! Tu n'as même pas une paire de chaussures digne de ce nom. Et vise un peu ta salopette ! seigneur, on dirait même que t'as faim. Tu as faim ? »

Il n'a rien dit.

« Réponds-moi, espèce d'abruti ! As-tu faim ? »

« Pas faim. »

« T'es un sale menteur. »

Il a baissé les yeux tout en marchant. Il examinait ses chaussures. Puis il a regardé les miennes, qui à tous points de vue étaient mieux que les siennes. Il semblait heureux parce que j'avais de meilleures chaussures. Il a regardé mon visage et souri. Ça m'a rendu furieux. Il n'y avait pas de quoi se réjouir de la comparaison ! J'ai failli lui mettre mon poing dans la figure.

« Jolies », il a fait. « Combien tu as payé ? »

« Ta gueule. »

Nous avons continué de marcher, moi derrière lui. Bientôt j'ai été pris d'une telle rage que je n'ai pas pu la boucler. « Crétin ! Demi-portion ! Pourquoi ne rentres-tu pas dans le lard de cette conserverie de merde pour réclamer tes droits ? Réclame des chaussures ! Réclame du lait ! Regarde-toi ! On dirait un clodo, un prisonnier ! Où est ton lait ? Pourquoi ne pousses-tu pas un coup de gueule ? »

Ses doigts se sont crispés sur les poignées. La rage a fait ressortir les tendons de son cou basané. J'ai pensé que j'étais allé trop loin. On allait peut-être se bagarrer. Mais non.

« Reste tranquille ! » il a sifflé. « Peut-être nous sommes virés ! »

Mais le local était trop bruyant : les roues grinçaient, les caisses se heurtaient dans un choc sourd ; et à une trentaine de mètres de nous, Shorty Naylor était trop occupé à vérifier des chiffres pour nous entendre. Quand j'ai compris que nous ne risquions rien, j'ai décidé que je n'en avais pas fini avec Manuel.

« Et ta femme, et tes gosses ? Ces chères têtes blondes ? Réclame du lait ! Pense à eux en train de mourir de faim alors que les gosses des riches barbotent dans des hectolitres de lait ! Parfaitement, des hectolitres ! Et pourquoi faudrait-il supporter ça ? N'es-tu pas un homme comme les autres ? Ou bien es-tu un demeuré, un abruti, un affront monstrueux à cette dignité fondamentale qui est le premier titre de gloire de l'humanité ? Tu m'écoutes ? Ou bien te bouches-tu les oreilles parce que la vérité les offense et que tu es trop faible et lâche pour être autre chose qu'un ablatif absolu, le dernier rejeton d'une dynastie d'esclaves ? Une dynastie d'esclaves ! Voilà ce que vous êtes ! Vous vous prosternez devant l'impératif catégorique ! Vous ne voulez pas de lait, vous voulez l'hypocondrie ! Tu es une traînée, une putain, la courtisane répugnante du capitalisme moderne ! Tu me fais tellement mal au ventre que j'ai envie de dégueuler. »

« Ouais », il a dit. « Tu dégueules très bien. Toi pas écrivain. Toi juste dégueulis. »

« J'écris tout le temps. Mon cerveau baigne dans une fantasmagorie transvaluée de phrases et de mots. »

« Bah ! Tu me fais dégueuler aussi. »

« Va te faire foutre ! Espèce de péquenot paléolithique ! »

Il a commencé d'empiler des caisses sur son diable. Elles étaient si élevées et difficiles à atteindre qu'il gémissait chaque fois qu'il en soulevait une. Il était censé me montrer la technique. Le patron ne m'avait-il pas dit de regarder ? Eh bien, je regardais. Shorty n'était-il pas le patron ? Eh bien, je suivais les ordres à la lettre. Les yeux de Manuel me lançaient des éclairs.

« Viens ! Travaille ! »

« Ne m'adresse pas la parole, espèce de bourgeois prolétarien capitaliste. »

Les caisses pesaient vingt-cinq kilos chacune. Il en empilait dix, l'une au-dessus de l'autre. Puis il glissait les deux lames horizontales du diable sous la pile et il coinçait la caisse du dessous avec des pinces. Je n'avais jamais vu ce genre de diable. J'avais bien sûr déjà vu des diables, mais pas des diables à pinces.

« De nouveau, le Progrès marque un

point. Les techniques nouvelles bouleversent le paysage industriel jusqu'à modifier le plus humble des diables. »

« Ferme-la et regarde. »

D'un coup de reins, il a fait basculer son chargement et l'a équilibré sur les roues en maintenant les poignées à hauteur de ses épaules. Pas facile. J'ai tout de suite compris que je ne pourrais pas le faire. Puis il a fait rouler le diable. Pourtant, si *lui* pouvait le faire, un simple Mexicain, un type qui n'avait sans doute jamais lu un seul livre de sa vie, qui même n'avait jamais entendu parler de la transvaluation des valeurs, alors je pouvais le faire. Manuel, ce simple péon, avait déplacé dix caisses.

Et toi, Arturo ? Vas-tu te laisser impressionner par lui ? Non — jamais de la vie ! Dix caisses. Bien. Je prendrai douze caisses. J'ai donc été chercher mon diable. Alors Manuel est revenu pour son chargement suivant.

« Trop », il a dit.

« Ta gueule. »

J'ai poussé mon diable vers la pile et ouvert les pinces. C'était couru d'avance. Trop difficile. Je le sentais venir. C'était absurde d'essayer de le surpasser, je l'avais toujours su, et pourtant j'avais essayé. Il y a eu un bruit de bois cassé. La pile de caisses a dégringolé comme une tour. Elles ont valsé dans tous les coins. La caisse du haut s'est brisée. Les conserves ont jailli, leurs formes ovales ont couru par terre comme des chiots terrifiés.

« Trop ! » a crié Manuel. « Je te dis. Beaucoup sacrément trop ! »

Je me suis retourné et j'ai gueulé : « Veux-tu boucler ta sacrée face de graisseux, espèce de sale péon mexicain de capitaliste bourgeois prolétarien lécheur de bottes ! »

Ma pile tombée à terre faisait obstacle aux autres ouvriers. Ils devaient la contourner en écartant d'un coup de pied les conserves qui se trouvaient sur leur chemin. Je me suis agenouillé pour les ramasser. Un comble : moi, un homme blanc, à genoux pour ramasser des conserves de poisson, alors qu'autour de moi les étrangers restaient debout.

Shorty Naylor a compris bien assez tôt ce qui s'était passé. Il a rappliqué en vitesse.

« J' croyais que tu savais te servir d'un diable ? »

Je me suis relevé.

« Ce ne sont pas des diables. Ce sont des démons. »

« Discute donc pas. Nettoie-moi ce foutoir. »

« Il y aura des accidents, Naylor. Rome ne fut pas bâtie en un jour. Selon un vieux proverbe d'*Ainsi Parlait Zarathoustra...* »

Il a agité les mains.

« Seigneur tout-puissant, laisse tomber ça ! Essaie encore. Mais cette fois, en charge pas autant. Prends cinq caisses par voyage, jusqu'à ce que t'aies pigé le truc. »

J'ai haussé les épaules. Bah, à quoi bon discuter avec cette triple andouille ? Je n'avais plus qu'à être courageux, croire en l'honnêteté intrinsèque de l'homme et ne jamais douter de la réalité du progrès.

« Vous êtes le patron », j'ai dit. « Je suis écrivain, vous le savez. Sans qualification, je... »

« Laisse tomber ! J' connais tout ça par cœur ! Tout le monde sait que t'es écrivain, tout le monde. Mais rends-moi un service, veux-tu ? » Il me suppliait presque. « Essaie de transporter cinq boîtes, d'accord ? Juste cinq. Pas six, ni sept. Cinq. Veux-tu faire ça pour moi ? Vas-y doucement. Te tue pas à la tâche. Juste cinq à chaque fois. »

Il s'est éloigné. Il bougonnait dans sa barbe — des obscénités qui m'étaient destinées. Il le prenait donc ainsi ! J'ai adressé un pied de nez à son dos. Je le méprisais, ce moins que rien, ce débile au vocabulaire limité, incapable d'exprimer ses propres pensées, malgré leur méchanceté, sinon par le biais sordide du langage ordurier. Un rat. C'était un rat. Un rat fourbe et veule qui ne connaissait rien à la *Weltanschauung* de Hitler.

Je le compissais !

Je me suis remis à ramasser les conserves éparpillées. Quand toutes ont été réunies, j'ai décidé de changer de diable. Dans un coin j'en ai trouvé un différent des autres, un diable à quatre roues, une sorte de chariot à langue métallique. Il était très léger, avec une large surface plane. Je l'ai tiré à l'endroit où les gars chargeaient leurs diables. Mon nouvel outil de travail a fait sensation. Ils l'ont regardé comme s'ils le voyaient pour la première fois, avec des exclamations en espagnol. Ecœuré, Manuel se grattait le crâne.

« Tu fais quoi maintenant ? »

J'ai mis mon chariot en position.

« Devine — laquais de la bourgeoisie. »

Alors je l'ai chargé. Pas avec cinq caisses. Ni avec dix. Même pas avec douze. A mesure que je les empilais, je pressentais les possibilités étonnantes de ce modèle de diable. Quand enfin j'ai eu fini, j'avais trente-quatre caisses chargées.

Trente-quatre fois vingt-cinq ? Combien cela faisait-il ? J'ai sorti mon calepin et mon crayon pour faire la multiplication. Huit cent cinquante kilos. Et huit cent cinquante multiplié par dix font huit mille cinq cents. Soit huit tonnes et demie. Huit tonnes et demie de l'heure faisaient quatre-vingt-cinq tonnes par jour. Et quatre-vingt-cinq tonnes par jour, cinq cent quatre-vingt-quinze tonnes par semaine. Cinq cent quatre-vingt-quinze tonnes par semaine, cela représentait trente mille neuf cent quarante tonnes par an. A ce rythme, j'allais transporter plus de trente mille tonnes par an. Rendez-vous compte ! Alors que les autres transportaient simplement deux cent cinquante kilos par voyage.

« Place ! »

Ils se sont écartés, et j'ai commencé de tirer. Mon chargement bougeait lentement. Je tirais à reculons, tourné vers les caisses. Je progressais centimètre par centimètre parce que mes chaussures glissaient sur le sol humide. Mon diable était en plein milieu de la salle, sur le chemin des autres ouvriers, ce qui créait une certaine confusion, mais pas tant que ça, dans les deux sens. Finalement, tout travail a cessé. Tous les diables étaient agglutinés au centre de la salle, comme dans un embouteillage de voitures. Shorty Naylor a rappliqué ventre à terre. Je tirais de toutes mes forces, gémissant et glissant, perdant plus de terrain que je n'en gagnais. Mais ce n'était pas de ma faute. C'était de la faute du sol, qui était beaucoup trop glissant.

« Bordel, keski s' passe ? » a gueulé Shorty.

J'en ai profité pour souffler. Il a fait claquer la paume de sa main contre son front en secouant la tête.

« Tu fais quoi maintenant ? »

« Je transporte des caisses. »

« Tire-toi de là ! Tu vois donc pas qu' tu bloques tout le monde ? »

« Mais regardez la taille de ce chargement ! Huit cent cinquante kilos ! »

« Barre-toi de là ! »

« C'est plus de trois fois ce que... »

« Tire-toi, j'ai dit ! »

L'imbécile. Que faire contre pareille adversité ?

J'ai passé le restant de l'après-midi à transporter des cargaisons de cinq caisses sur un diable à deux roues. C'était un boulot très désagréable. Le seul homme blanc, le seul Américain, obligé de charger deux fois moins de caisses que les étrangers. Je devais réagir. Les gars ne disaient rien, mais tous me souriaient quand ils me croisaient, moi et mon ridicule chargement.

Enfin, j'ai trouvé quelque chose. L'ouvrier Orquiza a tiré une caisse au sommet de la pile et fait vaciller tout le mur des autres caisses. Aussitôt, j'ai poussé un cri d'avertissement, couru jusqu'au mur des caisses, que j'ai maintenu avec mon épaule. C'était superflu, mais j'ai soutenu le mur de toutes mes forces, mon visage s'empourprant sous l'effort, comme s'il allait s'écrouler sur moi. Les gars ont vite démantelé le mur. Ensuite, je me suis tenu l'épaule en gémissant et serrant les dents. Je me suis éloigné en titubant, presque incapable de marcher.

« Ça va ? » ils m'ont demandé.

« Ce n'est rien », j'ai souri. « Vous inquiétez pas, les gars. Je crois que je me suis démis l'épaule, mais tout va bien. Vous faites surtout pas de bile pour ça. »

Maintenant que j'avais l'épaule démise, ils ne pourraient plus se moquer de mon chargement de cinq caisses.

Ce soir-là, nous avons travaillé jusqu'à sept heures. Le brouillard nous a retenus. J'ai rallongé la sauce de quelques minutes. Mais c'était une feinte, car je voulais voir Shorty Naylor en tête à tête. Je voulais discuter quelques petites choses avec lui. Après le départ des autres, la conserverie vide s'est trouvée plongée dans une étrange et agréable atmosphère de solitude. Je suis allé au bureau de Shorty. La porte était ouverte. Il se lavait les mains avec cette poudre de savon décapante qui contenait de la soude. Je l'ai remarqué à l'odeur. Il paraissait faire partie de l'immense solitude bizarre de la conserverie, il lui appartenait comme une poutre solidaire du plafond. L'espace d'un instant, il m'a semblé triste et doux, un homme accablé de soucis, un individu comme moi, comme n'importe qui. Ce soir-là, au contact de la grande usine déserte, il m'a semblé un assez brave type, tout compte fait. Mais j'avais une idée derrière la tête. J'ai frappé à sa porte. Il s'est retourné.

« Salut, toi. T'as un problème ? »

« Non non, pas de problème », j'ai répondu. « Je voulais simplement avoir votre avis sur un point. »

« Eh bien, vas-y, accouche. C'est quoi ? »

« Quelque chose dont je vous ai parlé cet après-midi. »

Il s'essuyait les mains sur une serviette noire.

« Je me rappelle pas. C'était quoi ? »

« Vous avez été très léger cet après-midi à ce sujet », j'ai dit. « Peut-être refusez-vous d'en discuter ? »

« Oh », il a souri. « Tu sais comment c'est quand on est occupé. Mais allons-y, discutons. Quel est ton problème ? »

« La *Weltanschauung* de Hitler. Que pensez-vous de la *Weltanschauung* de Hitler ? »

« Répète voir. »

« La *Weltanschauung* de Hitler. »

« La *Welt*-quoi de Hitler ? La *Weltan*... »

« La *Weltanschauung* de Hitler. »

« C'est quoi ? Une *Weltanschauung* ?

J' connais pas ça, mon gars. J' sais même pas c' que ça veut dire. »

J'ai reculé d'un pas en sifflant.

« Mon Dieu ! » j'ai fait. « Ne me dites pas que vous ignorez ce que cela veut dire ! »

Il a secoué la tête en souriant. Ce n'était pas très important pour lui ; moins important, en fait, que de s'essuyer les mains, par exemple. Il n'avait pas du tout honte de son ignorance — il n'était pas le moins du monde choqué. En fait, il semblait plutôt content. J'ai fait tss tss tss avec ma langue et battu en retraite vers la porte avec un sourire désespéré. Ç'a été presque trop pour moi. Que pouvais-je faire contre un *ignoramus* de ce calibre ?

« Eh bien, si vous ne le savez pas, bon, je crois que vous ne le savez pas, et je crois qu'il serait absurde d'essayer de discuter de ça, alors, eh bien, bonsoir, puisque vous ne savez pas. Bonsoir. A demain matin. »

Il était tellement surpris qu'il en a oublié de s'essuyer les mains. Brusquement, il m'a appelé. « Hé ! Qu'est-ce que c'est que toutes ces histoires ? »

Mais j'étais déjà parti, je marchais rapidement dans les ténèbres du vaste entrepôt ; seul l'écho de sa voix m'atteignait. Avant de quitter l'usine, j'ai traversé la salle humide et visqueuse où l'on entreposait les maquereaux tout droit sortis des chalutiers. Mais ce soir, il n'y avait pas de maquereaux, la saison venait de se terminer, et à la place il y avait des thons, un tas de thons tel que je n'en avais jamais vu, le sol était couvert par des milliers de thons qui gisaient parmi la glace souillée, leurs ventres blancs cadavériques entassés dans la pénombre.

Certains étaient encore vivants. On entendait des claquements de queue sporadiques. Juste sous mes yeux, la queue d'un thon plus vif que mort a battu le sol. Je l'ai tiré hors de la glace. Il était très froid et se débattait encore. Je l'ai porté comme j'ai pu jusqu'à la table à découper où demain les femmes s'occuperaient de lui. Il était énorme, il pesait presque cinquante kilos, ce monstre venu d'un autre monde, avec encore plein de forces dans le corps et un filet de sang qui coulait de son œil, là où on l'avait harponné. Aussi fort qu'un homme, il me haïssait en essayant d'échapper à la table à découper. J'ai pris un long couteau sur la planche et je l'ai placé sous ses ouïes blanches qui palpitaient.

« Monstre ! » j'ai dit. « Espèce de monstre noir ! Epelle *Weltanschauung !* Allez ! Vas-y — épelle ! »

Mais c'était un poisson d'un autre monde ; il ne pouvait rien épeler. Tout ce qu'il savait faire, c'était lutter pour sa vie, et il était déjà trop fatigué pour cela. Pourtant, il a bien failli m'échapper. J'ai dû lui flanquer un bon coup de poing. Ensuite, amusé par ses hoquets impuissants, j'ai glissé le couteau sous son ouïe, et je l'ai décapité.

« Quand je dis : “ épelle *Weltanschauung* ”, je suis sérieux ! »

Je l'ai repoussé dans la glace avec ses camarades.

« Toute désobéissance entraîne la mort. »

Je n'ai pas reçu de réponse, sinon le faible

claquement d'une queue quelque part dans les ténèbres. Je me suis essuyé les mains sur un sac en jute, puis je suis rentré à la maison à travers les rues.

Seize

Le lendemain du jour où j'ai détruit mes femmes, j'ai regretté mon massacre. Quand j'étais occupé ou fatigué, je ne pensais pas à elles, mais dimanche était jour de repos ; et tandis que je traînais, désœuvré, Helen, Marie, Ruby et la Petite Fille m'assaillaient de leurs chuchotements frénétiques en me demandant pourquoi j'avais été si pressé de les détruire et si aujourd'hui, je ne le regrettais pas. De fait, je m'en mordais les doigts.

Je devais désormais me contenter de leurs souvenirs. Mais leurs souvenirs ne me suffisaient pas. Ils m'échappaient. Ils ne ressemblaient pas à la réalité. Je ne pouvais pas les tenir ni les regarder comme je regardais et tenais les photos. J'arpentais maintenant l'appartement en regrettant de les avoir détruites, en me traitant de sale Chrétien puant incapable de veiller sur ses êtres chers. J'ai envisagé de commencer une autre collection, mais ce n'était pas si facile. Réunir mes femmes avait pris beaucoup de temps. Je ne pouvais pas, du jour au lendemain, retrouver une femme comme la Petite

Fille, je ne rencontrerai probablement plus jamais une femme comme Marie. Elles n'étaient pas duplicables à volonté. Il y avait aussi autre chose qui me retenait d'entamer une autre collection. J'étais trop fatigué. Je m'asseyais avec un bouquin de Spengler ou de Schopenhauer, et pendant que je lisais je me traitais sans arrêt de minable et de crétin parce que ce que je désirais vraiment, c'étaient ces femmes qui n'étaient plus de ce monde.

Et puis le placard avait changé ; il était plein des robes de Mona et empestait l'infecte odeur des fumigations. Certains soirs, je trouvais ça insupportable. Je marchais de long en large sur le tapis gris en me rongeant les ongles et pensant combien les tapis gris étaient horribles. Je ne pouvais rien lire. Je n'avais pas la moindre envie de lire le bouquin d'un grand écrivain, et je me demandais souvent si après tout ils étaient si grands que cela. Car, tout bien pesé, étaient-ils aussi grands que Noisette, Marie ou la Petite Fille ? Nietzsche soutenait-il la comparaison avec les cheveux dorés de Jean ? Certains soirs, je pensais carrément le contraire. Spengler était-il aussi grand que les ongles de Noisette ? Parfois oui, parfois non. Il y avait un moment et un lieu pour chaque chose, mais personnellement je préférais la beauté des ongles de Noisette à dix millions de volumes d'Oswald Spengler.

Je désirais recréer l'intimité de mon bureau. Souvent, je regardais la porte du placard en la comparant à une pierre tombale que je ne pourrais plus jamais franchir.

Les robes de Mona ! Quelle horreur. Malgré tout, je ne pouvais pas demander à ma mère ou à Mona de ranger leurs robes ailleurs. Je ne pouvais pas aller trouver ma mère et lui dire : « S'il te plaît, enlève tes robes de là. » Jamais je n'aurais osé. Ça me déprimait. Je pensais que je devenais une sorte de Babbitt, un pleutre moral.

Un soir où ma mère et Mona étaient sorties, j'ai décidé de rendre visite à mon bureau en souvenir du bon vieux temps. Un petit pèlerinage sentimental au pays du passé. J'ai refermé la porte derrière moi et suis resté dans l'obscurité en songeant à toutes les fois où cette modeste pièce avait été mienne et ma sœur refoulée dans le salon. Mais ce ne serait plus jamais la même chose.

Dans le noir, j'ai allongé le bras et palpé ses robes accrochées aux cintres. On aurait dit des linceuls de fantômes, les robes des millions et des millions de nonnes mortes depuis le commencement du monde. Elles semblaient me défier : elles semblaient être seulement là pour me harceler et détruire le rêve paisible de mes femmes qui n'avaient jamais existé. L'amertume m'a submergé ; le simple souvenir des autres fois est devenu douloureux. Mais j'avais maintenant presque oublié tout cela.

J'ai tordu mon poing dans les plis d'une robe pour ne pas fondre en larmes. Maintenant, le placard dégageait l'odeur indéniable des rosaires et de l'encens, des lis blancs des enterrements, du tapis des églises de mon enfance, de la cire et des hauts vitraux obscurs, des vieilles femmes en noir agenouillées pendant la messe.

C'était l'obscurité du confessionnal, avec un gamin de douze ans nommé Arturo Bandini agenouillé devant un prêtre à qui il avouait avoir fait quelque chose d'horrible, et le prêtre lui répondait que rien n'était trop horrible pour le confessionnal, et le gamin disait qu'il n'était pas sûr que ce soit un péché, qu'il l'avait fait, mais qu'il était certain que personne d'autre n'avait jamais fait une chose pareille parce que, mon père, c'est plutôt marrant, je veux dire, je sais pas comment vous expliquer ça ; et le prêtre finissait par lui soutirer sa confession, ce premier péché d'amour, avant de lui demander de ne jamais recommencer.

J'ai voulu me cogner la tête contre le mur du placard, me faire si mal que j'aurais perdu conscience. Pourquoi ne jetais-je pas ces robes dehors ? Pourquoi devaient-elles me rappeler Sœur Mary Justin, Sœur Mary Leo et Sœur Mary Corita ? Je payais pourtant le loyer de cet appartement ; je pouvais vraiment foutre toutes ces robes dehors. Mais une chose incompréhensible m'empêchait de le faire.

Jamais je ne m'étais senti aussi faible ; si j'avais été fort, je n'aurais pas hésité une seconde ; je n'aurais fait qu'une brassée des robes de Mona, je les aurais flanquées par la fenêtre et j'aurais craché dessus. Mais mon désir était comme mort. Cela semblait futile de me mettre en colère et de rassembler toutes ces robes. Etale, ma passion partait à vau-l'eau.

Debout dans le noir, je me suis aperçu que mon pouce était dans ma bouche. J'ai été stupéfait de le découvrir là. Rendez-vous compte : j'avais dix-huit ans et je suçais encore mon pouce ! Alors je me suis dit : puisque tu es si courageux et sans peur, pourquoi ne *mords*-tu pas ton pouce ? Je te défie de le mordre ! Tu es un lâche si tu ne le fais pas. Alors j'ai dit : oh ! Tu le prends sur ce ton ? Très bien, tu vas voir si je suis un lâche. Je vais te prouver le contraire !

J'ai mordu mon pouce jusqu'au moment où j'ai senti le goût du sang. Mes dents ont serré la peau élastique sans d'abord y pénétrer et j'ai dû faire pivoter lentement mon pouce pour qu'elles l'entament. La douleur a hésité, s'est répandue dans les jointures, a remonté dans le bras, puis vers mon épaule et les yeux.

J'ai saisi la première robe qui m'est tombée sous la main et l'ai mise en pièces. Regarde comme tu es fort ! Déchire-la en petits morceaux ! Fais-en des confetti ! Et j'ai déchiré frénétiquement avec mes mains et mes dents ; je poussais des grognements de chien fou, je me roulais par terre, je tirais la robe vers mon ventre et je m'acharnais dessus, le sang de mon pouce la tachait, je l'injuriais et me moquais d'elle tandis qu'elle cédait sous ma force et se déchirait.

Alors j'ai pleuré. La douleur de mon pouce n'était rien. C'était la solitude qui faisait vraiment mal. J'ai voulu prier. Je n'avais pas récité une seule prière depuis deux ans — depuis le jour où j'avais quitté le lycée et entamé toutes mes lectures. Mais maintenant je voulais recommencer de prier, j'étais sûr que ça m'aiderait, que je me sentirais mieux, parce que, quand j'étais gamin, ça m'avait toujours fait cet effet.

Je me suis agenouillé, j'ai fermé les yeux et essayé de penser aux mots de la prière. Les mots de la prière étaient différents des mots tout court. Je le remarquais pour la première fois, et j'ai saisi la différence.

Mais je ne trouvais pas de mots. Je devais prier, dire certaines choses ; je couvais une prière comme un œuf, mais sans trouver les mots.

En tout cas, je refusais ceux des anciennes prières !

Pas le Notre-Père, à propos de Notre Père qui êtes aux Cieux, que Votre Nom soit sanctifié, que Votre Règne arrive... je n'y croyais plus. Il n'y avait rien de tel que le ciel ; l'enfer, oui, me semblait parfaitement plausible, mais le ciel ne pouvait exister.

Pas davantage l'Acte de contrition — ô mon Dieu, je regrette sincèrement de Vous avoir offensé, et je déteste tous mes péchés... Car la seule chose que je regrettais sincèrement, c'était la perte de mes femmes, ce que Dieu réprouvait catégoriquement. A moins que... Mais non, il ne pouvait encourager semblables pratiques. A la place de Dieu, j'aurais certainement été contre. Dieu pouvait difficilement soutenir ce type d'activité. Non, il était certainement contre.

Il y avait Nietzsche, Friedrich Nietzsche.

Je l'ai essayé.

J'ai prié : « O mon cher Nietzsche bien-aimé ! »

Mauvais. Ça sonnait comme la prière d'un homosexuel.

J'ai essayé encore.

« O cher M. Nietzsche. »

Pire. Car je me suis mis à penser aux portraits de Nietzsche en frontispice de ses livres. On aurait juré un chercheur d'or avec sa moustache broussailleuse, et je détestais les chercheurs d'or.

Et puis Nietzsche était mort. Belle lurette qu'il avait passé l'arme à gauche. D'accord, c'était un écrivain immortel dont les mots incendiaient les pages de ses livres, il influençait considérablement les écrivains contemporains, mais il était mort et enterré, je le savais.

Alors j'ai essayé Spengler.

J'ai dit : « Mon cher Spengler. »

Nul.

J'ai dit : « Salut, Spengler. »

Nul.

J'ai dit : « Ecoute, Spengler ! »

Nullissime.

J'ai dit : « Voilà, Oswald, comme je disais... »

Beurk. C'était encore pire.

Il y avait mes femmes. Elles aussi étaient mortes ; mais je pouvais peut-être en tirer quelque chose. Je les ai essayées l'une après l'autre, mais ça n'a pas marché, car dès que je pensais à elles, je me retrouvais dans tous mes états. Comment un homme ravagé par la passion pouvait-il prier ? C'était scandaleux.

Après avoir vainement pensé à tous ces gens, l'idée même de la prière m'a semblé absurde et j'allais abandonner quand brusquement j'ai trouvé la solution de mon problème : je ne devais pas adresser ma prière à Dieu ni à personne, mais tout simplement à moi-même.

« Arturo, mon pote. Mon Arturo bien-aimé. Tu souffres apparemment beaucoup, et injustement. Mais tu es courageux, Arturo. Tu me fais penser à un vaillant guerrier, dont les innombrables cicatrices rappellent mille conquêtes. Quel courage tu as ! Quelle noblesse ! Quelle beauté ! Ah, Arturo, tu es tout bonnement magnifique ! Je t'aime tellement, mon Arturo, mon grand et puissant dieu. Pleure donc, Arturo. Laisse tes larmes ruisseler sur ton visage, car ta vie est vouée au combat, à l'impitoyable bataille, et personne ne le sait sauf toi, juste toi, superbe guerrier qui luttes seul, sans la moindre faiblesse, immense héros dont le monde n'a jamais connu la pareille. »

Je me suis accroupi et j'ai pleuré jusqu'à ce que mes côtes me fassent mal. J'ai ouvert la bouche pour gémir, et je me suis senti, ah, si bien, tellement soulagé de pleurer que, bientôt je riais de plaisir, je riais et pleurais, les larmes tombaient de mon visage et mouillaient mes mains. Cela aurait pu continuer pendant des heures.

Un bruit de pas dans le salon m'a fait arrêter. C'était Mona. Je me suis relevé, frotté les yeux, mais je savais qu'ils étaient rouges de larmes. J'ai fourré la jupe déchirée sous ma chemise avant de sortir du placard. J'ai toussé un peu et me suis raclé la gorge, histoire de lui montrer que j'étais parfaitement à mon aise.

Mona se croyait seule dans l'appartement. Comme toutes les lumières étaient éteintes, elle pensait l'endroit désert. Elle m'a regardé d'un air surpris, comme si elle me voyait pour la première fois. J'ai fait quelques pas de-ci de-là en toussotant et fredonnant un air quelconque, mais elle a continué de m'observer sans mot dire ; ses yeux semblaient collés à moi.

« Eh bien », j'ai fait. « Madame la critique de l'existence ne dit rien ? »

Son regard s'est posé sur ma main.

« Ton doigt. Il est tout... »

« C'est mon doigt », j'ai répondu. « Espèce de nonne ivre de Dieu. »

J'ai verrouillé la porte de la salle de bains derrière moi, puis lancé la robe déchirée par le conduit d'aération. Ensuite, j'ai bandé mon doigt. Je me suis regardé dans le miroir. J'aimais mon visage. Je me trouvais très beau. J'avais un superbe nez droit et une bouche de toute beauté, aux lèvres plus rouges que celles d'une femme malgré leurs cosmétiques et leur panoplie de maquillage. Mes yeux étaient grands et lumineux, ma mâchoire saillait légèrement, c'était une mâchoire solide, qui prouvait un fort tempérament et le sens de la discipline. Oui, un chouette visage. Un connaisseur de l'âme humaine l'aurait trouvé fort intéressant.

Dans l'armoire à pharmacie, je suis tombé sur la bague de mariage de ma mère, qu'elle rangeait souvent là après s'être lavé les mains. J'ai posé la bague dans ma paume et l'ai examinée avec stupéfaction. Dire que cette bague, ce simple anneau de métal, avait scellé le lien conjugal qui devait m'engendrer ! C'était incroyable. Quand mon père a acheté cette bague, il ignorait certainement qu'elle symboliserait l'union de l'homme et de la femme qui serait à l'origine de l'un des plus grands hommes du monde. Qu'il était étrange de se retrouver dans cette salle de bains et de comprendre tout cela ! Ce morceau de métal stupide ignore sans doute sa propre signification. Pourtant, il deviendrait un jour une pièce de collection d'une valeur inestimable. Je voyais déjà le musée, les amateurs qui convoitaient l'héritage Bandini, le cri du commissaire-priseur, et enfin un Morgan ou un Rockefeller de demain faisant monter les enchères à douze millions de dollars pour cette bague, simplement parce que l'avait portée la mère d'Arturo Bandini, le plus grand écrivain que le monde ait jamais connu.

Dix-sept

Une demi-heure est passée. Je lisais sur le divan. Le pansement de mon pouce était bien en évidence. Mona n'en avait pas reparlé. Assise de l'autre côté du salon, elle lisait également et mangeait une pomme. La porte de l'appartement s'est ouverte. C'était ma mère, qui revenait de chez Oncle Frank. Le pansement sur mon pouce a été la première chose qu'elle a vue.

« Mon Dieu », elle s'est écriée. « Que s'est-il passé ? »

« Combien d'argent as-tu ? » j'ai dit.

« Mais ton doigt ! Que s'est-il passé ? »

« Combien d'argent as-tu ? »

Ses doigts ont papillonné autour de son porte-monnaie élimé tandis que ses yeux restaient fixés sur mon pouce bandé. Elle était trop excitée, trop effrayée pour ouvrir le porte-monnaie. Il est tombé par terre. Ses rotules ont craqué quand elle l'a ramassé, puis ses mains fébriles ont cherché partout la fermeture du porte-monnaie. Mona a fini par se lever et lui prendre le porte-monnaie. Totalement épuisée et toujours inquiète quant à mon pouce, ma mère s'est effondrée dans un fauteuil. Je savais que son cœur battait la chamade. Quand elle a eu retrouvé son souffle, elle m'a interrogé une fois encore à propos du pansement. Mais je lisais. J'ai pas répondu.

Elle m'a reposé la question.

« Je me le suis entaillé. »

« Comment ? »

« Combien d'argent as-tu ? »

Mona l'a compté en tenant la pomme entre ses dents.

« Trois dollars et un peu de monnaie », elle a grommelé.

« Combien de monnaie ? » j'ai demandé. « Sois précise, s'il te plaît. J'aime les réponses précises. »

« Arturo ! » a fait ma mère. « Que s'est-il passé ? Comment t'es-tu entaillé le pouce ? »

« Quinze cents », a répondu Mona.

« Ton doigt ! » a dit ma mère.

« Donne-moi les quinze cents », j'ai dit.

« Viens les prendre », a dit Mona.

« Mais, Arturo ! » a dit ma mère.

« Donne-les-moi ! » j'ai dit.

« T'es pas infirme », a dit Mona.

« Si, il est blessé ! » a dit ma mère. « Regarde donc son pouce ! »

« C'est *mon* pouce ! Et donne-moi ces quinze cents — toi ! »

« Si tu les veux, viens donc les chercher. »

Ma mère a bondi de son fauteuil pour s'asseoir à côté de moi. Elle s'est mise à écarter les cheveux de mes yeux. Ses doigts étaient brûlants, sa gorge tellement talquée qu'elle dégageait une odeur de bébé, de bébé ridé. Aussitôt, je me suis levé. Elle a tendu le bras vers moi.

« Ton pauvre doigt ! Laisse-moi le regarder. »

J'ai marché vers Mona.

« Donne-moi ces quinze cents. »

Elle a refusé. Les pièces étaient sur la table, mais elle refusait de me les passer.

« Elles sont là. Prends-les, si tu les veux. »

« Je veux que tu me les donnes. »

Elle a reniflé d'un air dégoûté.

« Espèce d'idiot ! » elle a dit.

J'ai empoché les pièces.

« Tu le regretteras », j'ai dit. « Aussi vrai que Dieu est mon juge, tu te repentiras de ton impudence. »

« Tant mieux », elle a répondu.

« Je commence à être las de mon statut d'homme de peine au service de deux femmes parasites. Je vous préviens que je viens d'atteindre l'apogée de mon courage. D'une minute à l'autre, je vais briser les chaînes de mon esclavage. »

« Bla-bla-bla », s'est moquée Mona. « Pourquoi ne brises-tu pas tes chaînes dès maintenant — ce soir ? Ton départ ferait le bonheur de tout le monde. »

Ma mère était complètement en dehors du coup. Désespérée de ne rien apprendre concernant mon pouce, elle se balançait d'avant en arrière. Pendant toute la soirée, j'avais entendu sa voix de très loin.

« Sept semaines à la conserverie. J'en ai ras le bol. »

« Comment te l'es-tu entaillé ? » a dit ma

mère. « Tu fais peut-être un empoisonnement du sang. »

C'était peut-être vrai ! L'espace d'un instant, j'ai trouvé cela plausible. Tout était possible quand on travaillait dans les conditions d'hygiène déplorables de la conserverie. Il s'agissait peut-être bel et bien d'un empoisonnement du sang. Moi, un pauvre gosse travaillant dans cet atelier sordide, et voilà ma récompense : un empoisonnement du sang ! Moi, un pauvre gosse qui me tuais à la tâche pour faire vivre deux femmes parce que je n'avais pas le choix. Moi, un pauvre gosse qui ne se plaignais jamais ; et maintenant j'allais mourir d'un empoisonnement du sang dû au manque d'hygiène dans l'atelier où je gagnais le pain qui les maintenait en vie. J'en aurais pleuré. Je me suis mis à arpenter la pièce en criant.

« Comment je me suis blessé ? Je vais te dire comment je me suis blessé ! Vous allez connaître la vérité. Maintenant je peux la dire. Vous allez connaître la vérité démoniaque de ce qui s'est passé. Je me le suis entaillé dans une machine ! Je me suis blessé en bousillant ma vie dans l'esclavage des cadences infernales et carnassières ! Je me suis blessé parce que les bouches voraces de deux femmes parasites ont besoin de moi. Je me suis blessé à cause des idiosyncrasies de l'intelligence maternelle. Je me suis blessé à cause d'un martyr naissant. Je me suis blessé parce que mon destin ne me prive d'aucun dogmatisme ! Je me suis blessé parce que le métabolisme de mon époque engendre toutes les recrudescences imaginables ! Je me suis blessé parce que je possède une noblesse inouïe autant qu'innée ! »

Ma mère semblait prostrée, honteuse de ne pas comprendre une seule de mes paroles, mais devinant ce que j'essayais de dire, les yeux baissés, la bouche en cul de poule, son regard innocent tourné vers ses mains. Mona, qui était retournée à sa lecture, mâchait sa pomme sans me prêter la moindre attention. Je me suis adressé à elle.

« Une noblesse inouïe ! » j'ai crié. « Une noblesse inouïe ! Tu m'entends, la nonne ! Une noblesse inouïe ! Mais maintenant je suis las de toute forme de noblesse. Je me révolte. J'entrevois une ère nouvelle pour l'Amérique, pour moi et mes camarades ouvriers dans cette usine carnassière. J'entrevois un avenir de douceur et de volupté. Je le visualise et je m'écrie : Salut à toi, nouvelle Amérique ! Salut. Salut ! Tu m'entends, la punaise de sacristie ? Je dis salut ! Salut à toi ! Salut ! »

« Bla-bla-bla », a dit Mona.

« Ne ricane pas — monstre superflu ! »

Elle a produit un bruit de gorge méprisant, changé de position, si bien qu'elle me tournait maintenant le dos. Alors j'ai remarqué pour la première fois le livre qu'elle lisait. C'était un bouquin flambant neuf de la bibliothèque, avec une couverture rouge vif.

« C'est quoi, ce que tu lis ? »

Pas de réponse.

« Je nourris ton corps. J'imagine que j'ai le droit de savoir qui nourrit ton esprit. »

Pas de réponse.

« Tu refuses donc de parler ! »

J'ai bondi sur elle et lui ai arraché le livre des mains. C'était un roman de Kathleen Norris. Ma mâchoire est tombée en laissant échapper un hoquet stupéfait quand j'ai compris l'étendue du scandale. Les choses se passaient donc ainsi dans mon propre foyer ! Tandis que je suais sang et eau à la conserverie, que je nourrissais son corps, c'était ça, ça, qui nourrissait son cerveau ! Kathleen Norris. Voilà bien l'Amérique moderne ! Comment s'étonner du déclin de l'Occident ! Comment s'étonner du désespoir du monde moderne ! C'était donc ça. Moi, un pauvre gamin qui m'usais les doigts jusqu'à l'os en faisant l'impossible pour leur offrir une vie de famille digne de ce nom, et voilà ma récompense ! J'ai marché d'un pas chancelant vers le mur, estimé la distance qui m'en séparait encore, vacillé un peu, puis me suis laissé tomber en arrière, je me suis affaissé contre lui, le souffle court.

« Mon Dieu », j'ai gémi. « Mon Dieu. »

« Que se passe-t-il ? » a demandé ma mère.

« C' qui s' passe ? C' qui s' passe ? Je vais te dire c' qui s' passe. Regarde un peu ce qu'elle lit ! O Dieu Tout-Puissant ! O Dieu, ayez pitié de son âme ! Dire que je sacrifie ma vie en esclavage, moi, un enfant innocent, et que je perds jusqu'à la chair de mes doigts, pendant que, vautrée sur le divan, elle lit cet écœurant dégueulis. O Dieu, donnez-moi de la force ! Trempez mon courage ! Empêchez-moi de l'étrangler ! »

Puis j'ai déchiré son livre en mille mor-

ceaux. A mesure que les feuilles se posaient sur le tapis, je les piétinais avec mes talons. Je leur ai craché dessus, puis je me suis raclé la gorge et les ai traitées de tous les noms. Après quoi je les ai réunies, emportées dans la cuisine et balancées à la poubelle.

« Bon », j'ai dit. « Je te conseille pas d'y revenir. »

« C'est un livre de bibliothèque », a dit Mona. « Va falloir que tu le rembourses. »

« Autant crever en prison ! »

« Là, là ! » est intervenue ma mère. « Que se passe-t-il donc encore ? »

« Où sont les quinze cents ? »

« Laisse-moi regarder ton pouce. »

« J'ai dit : où sont les quinze cents ? »

« Dans ta poche, espèce de plouc », a dit Mona.

Là-dessus, je suis sorti.

Dix-huit

J'ai traversé la cour de l'école en direction de *Chez Jim.* Dans ma poche, les quinze cents tintinnabulaient. Comme la cour était couverte de gravier, le crissement de mes pas se répercutait alentour. Voilà une idée fameuse, j'ai pensé, du gravier dans toutes les cours de prison, une idée splendide; surtout ne pas oublier ça ; si j'étais le prisonnier de ma mère et de ma sœur, impossible de m'évader avec tout ce boucan; une fameuse idée, un truc à ne surtout pas oublier.

Au fond de son magasin, Jim lisait la gazette hippique. Il venait tout juste d'installer une nouvelle étagère d'alcools. Je me suis arrêté devant pour examiner les bouteilles. Certaines, très belles, rendaient leur contenu fort appétissant.

Jim a posé sa gazette et s'est approché de moi. Parfaitement effacé, il attendait toujours que l'autre parle le premier. Il mangeait une barre de chocolat. Ça m'a paru très inhabituel. C'était la première fois que je le voyais avec quelque chose dans la bouche. Je n'ai pas beaucoup aimé son visage. J'ai frappé sur l'étagère d'alcools.

« Je veux une bouteille de gnôle. »

« Salut ! » il a dit. « Comment va le boulot à la conserverie ? »

« Ça va, ça va. Mais ce soir, j'ai envie de me saouler. Je ne veux pas parler de la conserverie de poissons. »

J'ai avisé une petite bouteille de whisky, une pinte qui semblait contenir de l'or liquide. Il voulait dix cents pour cette bouteille. Ça me paraissait assez raisonnable. Je lui ai demandé si c'était du bon whisky.

« Et comment ! » il m'a répondu. « Le meilleur. »

« Vendu. Je te crois sur parole et je l'achète sans autre commentaire. »

Je lui ai tendu les quinze cents.

« Non », il a dit. « Seulement dix cents. »

« Fais ce que tu veux des cinq cents de rab. C'est un pourboire, un geste de bonne volonté et de camaraderie. »

Il a refusé la pièce avec un sourire. Je la tenais toujours devant moi, mais il levait sa paume en signe de refus, et il secouait la tête. Je ne parvenais pas à comprendre pourquoi il refusait systématiquement mes pourboires. Ce n'était pas que je lui en laissais rarement; bien au contraire, j'essayais de lui refiler un pourboire à chaque fois; en fait, Jim était la seule personne à qui je donnais un pourboire.

« Nous n'allons pas remettre ça, tout de même », j'ai dit. « Je donne toujours un pourboire. C'est pour moi une question de principe. Je suis comme Hemingway. Je fais ça automatiquement. »

Il a accepté ma pièce en maugréant et l'a brusquement fourrée dans son jean.

« Jim, tu es un homme bizarre; un personnage chevaleresque doté d'une kyrielle d'excellentes qualités. Tu surpasses les meilleurs éléments de la populace. Tu me plais parce que ton esprit a de l'envergure. »

Mes éloges l'ont gêné. Il préférait parler d'autre chose. Il a repoussé ses cheveux de son front, puis sa main a frotté sa nuque en tirant sur la peau tandis qu'il tentait de trouver quelque chose à dire. J'ai débouché la bouteille et l'ai brandie devant moi. « Saluti ! » Et je me suis envoyé une rasade. J'ignorais pourquoi j'avais acheté cet alcool. C'était la première fois de ma vie que je dépensais de l'argent pour de la gnôle. Je détestais le goût du whisky. J'ai été surpris de le trouver dans ma bouche, mais il était bel et bien là, et avant que je n'aie le temps de réagir, l'alcool me travaillait, griffant mes dents et attaquant ma gorge — il se débattait et lacérait comme un chat qui se noie. Son goût était horrible, comme de poils roussis. Je l'ai senti descendre, me faire des trucs bizarres dans l'estomac. Je me suis léché les babines.

« Merveilleux ! Tu as raison. Ce whisky est merveilleux ! »

Il s'était niché au creux de mon estomac où il roulait en tous sens en essayant de trouver une place confortable, et je me frottais vigoureusement le ventre pour que la brûlure de ma peau égale celle de mon estomac.

« Splendide ! Superbe ! Extraordinaire ! »

Une femme est entrée dans le magasin. Je l'ai aperçue du coin de l'œil alors qu'elle avançait vers le comptoir des cigarettes. Je me suis retourné pour la regarder. Elle avait la trentaine, peut-être plus. Son âge importait peu : elle était là — voilà ce qui comptait. Elle n'avait rien de remarquable. Elle était plutôt banale, mais je devinais cette femme. Sa présence a bondi à travers la pièce pour aspirer l'air hors de mes poumons. C'était comme un déluge électrique. Ma chair tremblait d'excitation. Je me suis senti au bord de l'asphyxie, alors que le sang rouge se ruait dans mes veines. Elle portait un vieux manteau à la couleur pourpre passée, avec un col en fourrure. Elle n'avait pas conscience de moi. Elle ne semblait même pas consciente d'elle-même. Elle a brièvement regardé dans ma direction, puis tourné de nouveau la tête face au comptoir. En un éclair, j'ai vu son visage blême. Puis il a disparu derrière le col de fourrure et je ne l'ai pas revu.

Mais cet unique regard m'a suffi. Je n'oublierai jamais ce visage. Il était d'une pâleur maladive, semblable à celui des criminelles photographiées par la police. Ses yeux étaient affamés, gris, immenses, avec un regard traqué. Ses cheveux n'avaient pas la moindre couleur. Châtains ou noirs, blonds ou foncés ; je ne me rappelais pas. Elle a demandé un paquet de cigarettes en frappant le comptoir avec une pièce de monnaie.

Elle n'a rien dit. Jim lui a tendu le paquet. Il restait parfaitement indifférent à cette femme. Pour lui, c'était simplement un client comme un autre.

Je matais toujours. Je savais que je n'aurais pas dû regarder ainsi, mais je m'en moquais. Je croyais que, si seulement elle voyait mon visage, ça ne la dérangerait pas. La fourrure de son col était en fait une imitation d'écureuil. Le manteau était vieux ; l'ourlet, qui arrivait à hauteur de ses genoux, était élimé. Il la serrait étroitement, dressait sa silhouette vers moi. Son collant couleur bronze était plein d'échelles. Les talons de ses chaussures bleues étaient légèrement tordus, et leurs semelles usées. Je souriais en la regardant avec une grande confiance parce que je n'avais pas peur d'elle. Une femme comme Miss Hopkins me troublait et m'enlevait tous mes moyens, contrairement aux femmes-photos par exemple, ou à une femme comme celle-là. C'était si facile de sourire, d'une facilité presque scandaleuse; et puis c'était marrant de se sentir aussi obscène. Je voulais dire quelque chose de sale, de suggestif, du genre : pff ! ma petite salope, j' suis prêt à accepter tout ce que t'as à m'offrir. Mais elle ne m'a pas vu. Sans se retourner, elle a payé ses cigarettes, elle est sortie du magasin et a descendu Avalon Boulevard en direction de la mer.

Jim a fait sonner le tiroir-caisse puis s'est rapproché de moi. Il a commencé de dire quelque chose. Sans un mot, je suis sorti. J'ai quitté le magasin et emboîté le pas de cette femme dans la rue. A une dizaine de mètres devant moi, elle se hâtait vers le front de mer. Je ne savais pas vraiment pourquoi je la suivais. Quand j'ai réalisé ce que je faisais, je me suis arrêté net et j'ai fait claquer mes doigts. Oh ! Alors comme ça, tu es un pervers ! Un obsédé sexuel ! Tiens tiens, Bandini, je ne pensais pas que tu en arriverais là ; je suis sincèrement surpris ! J'ai hésité, en arrachant de gros morceaux de l'ongle de mon pouce avant de les recracher. Mais je ne voulais pas penser à cela. Je préférais de loin penser à elle.

Elle n'avait aucune grâce. Sa démarche était têtue, mal dégrossie ; elle marchait avec arrogance, comme pour dire : je vous défie de m'empêcher de marcher ! Elle marchait aussi en zigzaguant ; elle oscillait d'un bord à l'autre du trottoir, frôlant parfois le caniveau, puis retraversant toute la largeur du trottoir pour effleurer les vitrines à sa gauche. Mais peu importait sa démarche, la silhouette sous le vieux manteau pourpre ondulait et se trémoussait. Son pas était long et lourd. Je conservais la distance qu'elle maintenait entre nous.

J'étais dans tous mes états ; en proie à un bonheur délirant, impossible. Il y avait cette odeur de mer, la douceur propre et salée de l'air, l'indifférence froide et cynique des étoiles, la brusque et riante intimité des rues, l'opulence tapageuse de la lumière dans les ténèbres, la langueur opaline de la fente du croissant de lune. Tout ça me plaisait. J'avais envie de couiner, de faire des bruits bizarres, des bruits inédits.

J'avais l'impression de marcher, nu, entre deux rangées de belles filles.

J'avais parcouru un demi-bloc derrière cette femme quand je me suis rappelé l'existence de Jim. Je me suis retourné pour voir s'il était sorti sur le pas de sa porte afin de découvrir la raison de ma fuite précipitée. Brusquement, je me suis senti mal, coupable. Mais non, pas de Jim derrière moi. Il n'y avait personne devant son petit magasin brillamment éclairé. Pas un chat sur toute la longueur d'Avalon Boulevard. J'ai levé les yeux vers les étoiles. Elles paraissaient si bleues, si froides, si insolentes, si lointaines et parfaitement méprisantes, si hautaines. La lumière crue des lampadaires illuminait le boulevard comme au crépuscule.

J'ai traversé la première rue au moment où elle passait devant le cinéma du bloc suivant. Elle prenait de l'avance, mais je la laissais faire. Vous ne m'échapperez pas, ô belle dame, je suis sur vos talons et ne vous donnerai pas l'occasion de filer à l'anglaise. Mais où vas-tu, Arturo? As-tu vraiment conscience de suivre une inconnue? Tu n'as jamais fait une chose pareille avant. Quelles sont tes raisons? Maintenant, je commençais à avoir peur. J'ai songé à toutes ces voitures de police en vadrouille. Pourtant, elle m'attirait. Ah — c'était donc ça — j'étais son prisonnier. Je me sentais coupable, mais également convaincu d'être dans mon bon droit. Après tout, j'étais sorti pour prendre un peu d'exercice dans l'air du soir; je fais ma petite promenade habituelle avant d'aller me coucher, monsieur l'agent. J'habite là-bas, monsieur l'agent. Depuis plus d'un an, monsieur l'agent. Mon oncle Frank. Vous le connaissez, monsieur l'agent ? Frank Scarpi ? Bien sûr, monsieur l'agent ! Tout le monde connaît mon oncle Frank. Un brave type. Il vous dira tout de suite que je suis son neveu. Vous voyez bien : inutile de m'embarquer.

Pendant que je marchais, mon pouce bandé frappait contre ma cuisse. J'ai baissé les yeux et je l'ai vu, cet affreux bandage blanc qui battait contre ma cuisse à chaque pas, qui suivait tous les mouvements de mon bras, ce gros bout blanc affreux, si blanc et lumineux, comme si chaque lampadaire de la rue le connaissait et savait pourquoi il était là. Il m'a dégoûté. L'explication de ce pansement me révulsait ! Il a mordu son propre pouce jusqu'à ce que le sang jaillisse ! À votre avis, un homme sain d'esprit ferait-il une chose pareille ? Je vous répète qu'il est fou, monsieur. Il a fait toutes sortes de choses bizarres, monsieur. Vous ai-je déjà parlé du jour où il a tué tous ces crabes ? Je crois que ce type est cinglé, monsieur. Je vous suggère de l'embarquer et de le faire examiner par un psychiatre. Aussitôt, j'ai déchiré mon pansement, je l'ai jeté dans le caniveau et j'ai refusé d'y penser davantage.

La femme augmentait régulièrement la distance qui nous séparait. Maintenant, elle avait un demi-bloc d'avance. Je ne pouvais pas marcher plus vite. J'avançais lentement en me disant de presser le pas, mais l'idée des voitures de patrouille me faisait froid dans le dos. Sur le port, les policiers venaient du commissariat central de Los Angeles ; c'étaient des durs à cuire habitués à la bagarre et qui arrêtaient d'abord un type avant de lui dire pourquoi ; ils surgissaient toujours de nulle part, jamais à pied, mais dans des Buick silencieuses et rapides.

« Arturo », j'ai dit, « tu vas certainement à la rencontre de nouveaux ennuis. Tu vas te faire arrêter pour trouble sur la voie publique ! »

Trouble sur la voie publique ? Quelle absurdité ! Je ne peux donc plus me promener quand ça me chante ? Cette femme devant moi ? Je ne sais rien d'elle. Nous vivons dans un pays libre, bon Dieu. Est-ce ma faute si elle marche dans le même sens que moi ? Si ça ne lui plaît pas, qu'elle choisisse donc une autre rue, monsieur l'agent. De toute façon, c'est ma rue préférée, monsieur l'agent. Frank Scarpi est mon oncle, m'sieur l'agent. Il témoignera que je me promène toujours dans cette rue avant d'aller me coucher. Après tout, nous vivons dans un pays libre, m'sieur l'agent.

Au carrefour suivant, la femme s'est arrêtée pour gratter une allumette contre le mur de la banque. Puis elle a allumé une cigarette. La fumée a stagné dans l'air mort comme des ballons bleus déformés. J'ai bondi en avant. Quand je suis arrivé à hauteur des nuages immobiles, je me suis dressé sur la pointe des pieds et je les ai fait descendre. La fumée de *sa* cigarette ! Aha.

J'avais repéré l'endroit où son allumette était tombée. Quelques pas plus loin, je l'ai ramassée. Elle a reposé dans la paume de ma main. Une allumette extraordinaire. A première vue, aucune différence avec n'importe quelle autre allumette, mais elle était extraordinaire. A demi calcinée, une odorante tige de pin, aussi belle qu'une pépite d'or. Je l'ai embrassée.

« Allumette », j'ai dit. « Je t'aime. Ton nom est Henrietta. Je t'aime de tout mon cœur. »

Je l'ai mise dans ma bouche et mâchonnée. Le pin brûlé avait un succulent goût doux-amer, comme une fragile gourmandise. Délicieux, surprenant. L'allumette qu'elle avait tenue entre ses doigts. Henrietta. La meilleure allumette que j'aie jamais mangée, m'dame. Toutes mes félicitations.

Elle avançait plus vite maintenant, en laissant des nuages de fumée dans son sillage. Je les respirais au passage. Aha. Le balancement de ses hanches évoquait un panier de serpents. Je le sentais dans ma poitrine, au bout de mes doigts.

Nous nous rapprochions des cafés et des salles de billard du front de mer. Des voix d'hommes et le claquement lointain des boules de billard éraillaient l'air nocturne. Devant l'Acme, des dockers ont soudain apparu, leur queue de billard à la main. Ils avaient probablement entendu le rythme sec des talons de la femme sur le trottoir, car ils sont sortis brusquement, et maintenant ils attendaient devant la salle.

Elle est passée devant une file de regards silencieux qui l'ont suivie avec une lente rotation des cous, cinq hommes qui traînaient sur le trottoir. J'étais à vingt mètres derrière. Je les ai détestés. L'un d'eux, un monstre armé d'un croc de manutention dans sa poche, a retiré le cigare de sa bouche pour siffler doucement. Il a souri aux autres, s'est raclé la gorge, puis a craché un jet argenté sur le trottoir. J'ai détesté ce rustre. Ignorait-il qu'un règlement municipal interdisait d'expectorer sur la voie publique ? Faisait-il fi de la politesse la plus élémentaire ? Ou s'agissait-il simplement d'un monstre illettré qui devait cracher, encore et toujours, pour prouver son animalité, la pulsion vicieuse et méprisable qui le contraignait à éructer sa bile infecte chaque fois que l'envie l'en prenait ? Si seulement je connaissais son nom ! Je le dénoncerais avec joie aux services de santé, je porterais plainte contre lui.

Je suis alors passé devant l'Acme. Les hommes m'ont maté, ils étaient désœuvrés, ils cherchaient quelque chose à regarder. La femme marchait maintenant dans une partie de la rue où tous les bâtiments étaient noirs et vides, elle longeait une longue succession de vitrines noires stérilisées par la dépression. Un instant, elle s'est arrêtée devant l'une de ces vitrines. Puis elle est repartie. Quelque chose dans cette vitrine avait attiré, puis retenu son regard.

Quand j'ai atteint l'endroit où elle avait fait halte, j'ai vu ce que c'était. Il s'agissait de la vitrine du seul magasin en activité dans toute cette partie de la rue. Un magasin de deuxième main, un mont-de-piété.

L'heure de la fermeture était passée depuis longtemps, la boutique était fermée; dans la vitrine s'entassaient bijoux, outils, machines à écrire, valises et appareils photo. Parmi ce capharnaüm, une pancarte disait : Meilleur Prix pour l'Or Ancien. Parce que je savais qu'elle avait lu cette pancarte, je l'ai lue plusieurs fois de suite. Meilleur Prix pour l'Or Ancien. Meilleur Prix pour l'Or Ancien. Maintenant, nous l'avons lue tous les deux, elle et moi — Arturo Bandini et sa femme. Magnifique ! Et n'avait-elle pas scruté le fond du magasin ? Bandini scruterait donc, car tout ce que fait la femme de Bandini, Bandini l'imite. Une faible lumière brûlait dans l'arrière-boutique, au-dessus d'un petit coffre-fort ventru. La pièce débordait d'objets d'occasion. Dans un angle, derrière un grillage, j'ai aperçu un bureau. Les yeux de ma femme avaient vu tout cela, et je ne l'oublierai pas.

Je me suis retourné pour reprendre ma filature. Au carrefour suivant, elle est descendue du trottoir au moment où le feu passait au rouge. J'ai accéléré le pas pour traverser la rue derrière elle, mais le feu est alors passé au vert. Au diable les feux de circulation. L'amour ne connaît aucune barrière. Bandini doit passer. En avant vers la victoire ! Et j'ai traversé. Elle n'était qu'à une vingtaine de pas devant moi, et le mystère courbe de sa silhouette m'obsédait. Je serais bientôt à sa hauteur. Je n'y avais pas vraiment pensé.

Alors, Bandini ; quelle est la suite du programme ?

Bandini n'hésite pas. Bandini sait ce qu'il faut faire, n'est-ce pas Bandini ? Evidemment que je le sais ! Je vais lui dire des mots doux, des mots d'amour. Je vais lui dire : bonsoir, ma bien-aimée ! Quelle belle soirée ; voyez-vous un inconvénient à ce que je marche un peu avec vous ? Je connais quelques beaux poèmes, comme le Cantique de Salomon ou ce long passage de Nietzsche à propos de la volupté. Que préférez-vous ? Saviez-vous que j'étais écrivain ? Mais oui ! J'écris pour la postérité. Descendons jusqu'au bord de l'eau pendant que je vous parle de mon travail, de la prose pour la postérité.

Mais quand je suis arrivé à sa hauteur, il s'est passé un truc bizarre.

Nous marchions de front. J'ai toussé pour me racler la gorge. J'allais lui dire : bonsoir, ma petite dame. Mais quelque chose s'est coincé dans ma gorge. Je n'ai rien pu faire. Je n'ai même pas pu la regarder, car ma tête a refusé de pivoter sur mon cou. Tout mon enthousiasme m'a quitté. J'ai bien cru que j'allais m'évanouir. Je m'effondre, je pensais ; je vais m'effondrer. Alors le truc bizarre est arrivé : je me suis mis à courir. J'ai pris la poudre d'escampette, mes jambes à mon cou, bref j'ai détalé comme un lapin. Les coudes au corps et les narines largement ouvertes à l'air marin, j'ai couru comme un champion olympique, comme un spécialiste du huit cents mètres sprintant vers la victoire dans la dernière ligne droite.

Que fais-tu, Bandini ? Pourquoi cours-tu ?

J'ai envie de courir. Pas de mal à ça, non ?

Il me semble que j'ai le droit de courir si ça me chante, pas vrai ?

Mes chaussures claquaient dans la rue déserte. Je prenais rapidement de la vitesse. Portes et vitrines filaient étrangement à côté de moi. Je n'avais jamais remarqué mes talents pour le demi-fond. Je suis passé comme une flèche devant la Salle des Dockers, puis j'ai négocié un large virage en direction de Front Street. Les longs entrepôts jetaient des ombres noires sur la chaussée, l'écho rapide de mes pas résonnait parmi eux. J'étais maintenant sur les quais, avec la mer de l'autre côté de la rue et les entrepôts derrière moi.

Je n'étais nul autre qu'Arturo Bandini, le plus grand coureur de huit cents de toute l'histoire de l'athlétisme américain, voire des annales mondiales. Gooch, le puissant champion hollandais, Sylvester Gooch, le démon véloce du pays des moulins à vent et des sabots en bois, avait quinze mètres d'avance sur moi et m'obligeait à faire la course la plus époustouflante de toute ma carrière. Allais-je gagner ? se demandaient les milliers d'hommes et de femmes présents dans les tribunes du stade — surtout les femmes, car les plumitifs sportifs m'avaient plaisamment surnommé le « coureur de jupons », à cause de mon énorme popularité auprès des dames. Maintenant, les spectateurs hurlaient. Les femmes levaient les bras vers le ciel et me suppliaient de gagner — pour l'Amérique. Allez, Bandini ! Encore un effort, Bandini ! Oh, Bandini ! Comme nous t'aimons ! Et ainsi, les femmes s'inquiétaient. Mais il n'y avait pas de quoi s'inquiéter. J'avais la situation bien en main, et je le savais. Sylvester Gooch faiblissait ; il ne soutenait pas le rythme que je lui avais imposé. Alors que moi, je m'étais économisé en vue de la dernière ligne droite. Je savais que je pouvais le battre. Ne craignez rien, mesdames, vous qui m'aimez, vous en faites donc pas ! L'honneur de l'Amérique dépend de ma victoire, j'en suis conscient, et quand l'Amérique a besoin de moi, je ne me dérobe pas, je réponds présent, et me voici au plus fort des combats, prêt à donner mon sang. A fières et longues enjambées, j'ai démarré au début de la dernière ligne droite. Bon Dieu, regarde ce type courir ! Cris de joie dans les bouches de milliers de femmes. A trois mètres de la ligne d'arrivée, je plonge littéralement et bats le puissant Hollandais d'un quart de seconde. Délire dans les tribunes. Les caméras des actualités s'agglutinent autour de moi, on me supplie de dire quelques mots. S'il vous plaît, Bandini, *s'il vous plaît !* Appuyé contre le mur du quai Amérique-Hawaii, j'ai cherché mon souffle et accepté avec le sourire de dire quelques mots pour la télé. Des types vraiment sympas.

« Je voudrais dire bonjour à ma mère », j'ai haleté. « Tu es là, maman ? Bonjour ! Voyez-vous, messieurs, quand j'étais môme en Californie, je distribuais des journaux à domicile après l'école. A cette époque, ma mère était à l'hôpital. Tous les soirs, elle frôlait la mort. C'est comme ça que j'ai appris à courir. Avec l'horrible pensée que je risquais de perdre ma mère avant d'avoir fini de distribuer mes *Gazettes* à Wilmington, je courais comme un dératé, j'achevais ma tournée, puis je courais à toutes jambes sur les huit kilomètres qui me séparaient de l'hôpital. Voilà comment je me suis entraîné. Je voudrais vous remercier encore, et une fois de plus saluer ma mère qui est en Californie. Salut, maman ! Comment vont Billy et Ted ? Ton fiston t'a pas trop déçu ? »

Rires. Et murmures approbateurs dus à ma modestie naturelle. Félicitations.

Mais tout compte fait, je n'étais pas très satisfait d'avoir battu Gooch, malgré le panache de ma victoire. Hors d'haleine, j'étais las d'être champion olympique.

C'était cette femme au manteau pourpre. Où était-elle maintenant ? Je suis retourné en vitesse sur Avalon Boulevard. Personne. Hormis les dockers et les phalènes qui tournoyaient autour des lampadaires, le boulevard était désert.

Espèce d'idiot ! Tu l'as perdue. Tu ne la retrouveras jamais.

J'ai commencé à faire le tour du pâté de maisons à sa recherche. Au loin, j'ai entendu un chien policier aboyer. C'était Herman. Je savais tout d'Herman. C'était le chien du facteur. C'était un chien franc et direct ; non seulement il aboyait, mais il mordait. Un jour, il m'a poursuivi sur des kilomètres et réussi à déchirer mes chaussettes. J'ai décidé d'abandonner les recherches. De toute façon, il se faisait tard. Je la chercherais un autre soir. Je devais être au boulot de bonne heure demain. Je me suis donc mis en route vers la maison, en remontant Avalon.

J'ai revu la pancarte : Meilleur Prix pour l'Or Ancien. Mon estomac s'est contracté parce qu'elle l'avait lue, la femme au manteau pourpre. Elle avait vu tout ça et ça l'avait remuée — le magasin, la vitrine, la camelote à l'intérieur. Elle avait marché dans cette rue. Ce trottoir avait enduré le fardeau enchanté de son poids. Elle avait respiré cet air, humé l'odeur de cette mer. La fumée de sa cigarette s'y était mêlée. Ah, c'est trop, beaucoup trop !

A la banque, j'ai touché l'endroit du mur où elle avait gratté son allumette. Là — sous mes doigts. Magnifique. Un menu trait noir. O trait, ton nom est Claudia. O Claudia, je t'aime. Je vais t'embrasser pour te prouver ma dévotion. J'ai jeté un coup d'œil à droite et à gauche. Personne en vue sur deux blocs. Je me suis penché et j'ai embrassé le trait noir.

Je t'aime, Claudia. Je te supplie de m'épouser. Rien d'autre ne compte pour moi dans la vie. Même mes livres, tous ces volumes destinés à la postérité, ils ne signifient plus rien sans toi. Epouse-moi ; sinon je descends au port pour me jeter à l'eau. Là-dessus, j'ai encore embrassé le trait noir.

J'ai alors découvert avec horreur que tout le devant de la banque était souillé des marques et des traits de milliers et de milliers d'allumettes. J'ai craché de dégoût.

Pourtant, sa marque devait être unique ; une griffe semblable à la sienne, simple et néanmoins mystérieuse, une trace d'allumette telle que le monde n'en avait jamais connue. Je la trouverai, dussé-je la chercher jusqu'à la fin de mes jours. Tu m'entends ? Vieillard décati, je resterai là, inamovible, scrutant le mur à la recherche de la trace mystérieuse de mon amour. Les autres ne me décourageront pas. Et en cet instant, je commence : une minute ou une vie, qu'importe ?

Moins de deux minutes après, je l'ai repérée. J'étais sûr de son origine. Une modeste trace si menue qu'elle était presque invisible. Seule elle pouvait l'avoir faite. Merveilleux. Une petite marque de rien du tout qui s'achevait sur la discrète suggestion d'un embrasement, la patte de l'artiste, un trait semblable à un serpent prêt à mordre.

Mais quelqu'un arrivait. J'ai entendu des bruits de pas sur le trottoir.

C'était un très vieil homme à barbe blanche. Il tenait une canne et un livre, il semblait profondément absorbé dans ses pensées. Il boitait. Ses yeux étaient très brillants et minuscules. Je me suis caché sous le porche en attendant qu'il passe. Puis je suis ressorti et mes baisers brûlants ont submergé la marque. De nouveau, je te supplie de m'épouser. Aucun homme ne connaîtra jamais amour plus grand que le mien. Le temps et la marée n'attendent personne. Un point fait à temps en vaut mille. Pierre qui roule n'amasse pas mousse. Epouse-moi !

Brusquement, une faible toux a fait trembler la nuit. C'était le vieux. Il avait parcouru une vingtaine de mètres, puis s'était retourné. Il était là, appuyé sur sa canne, les yeux fixés sur moi.

Tremblant de honte, je suis parti dans l'autre sens. Au moment de traverser la rue, je me suis retourné. Le vieux avait marché jusqu'à mon mur. Il l'examinait. Puis il m'a regardé. J'ai frissonné. Au croisement suivant, je me suis encore retourné. Il était toujours là, cet horrible vieillard. Alors j'ai couru jusqu'à la maison.

Dix-neuf

Mona et ma mère étaient déjà couchées. Ma mère ronflait doucement. Dans le salon, le canapé était déplié, mon lit fait et l'oreiller en place. Je me suis déshabillé et mis au lit. Les minutes ont passé. Impossible de dormir. J'ai essayé sur le dos, puis sur le côté. J'ai essayé à plat ventre. Les minutes filaient. Le réveil dans la chambre de ma mère les égrenait. Une demi-heure a passé. J'étais parfaitement éveillé. Je me suis retourné, l'esprit douloureux. Quelque chose clochait. Une heure a passé. J'ai commencé à m'énerver de ne pas pouvoir dormir, et à transpirer. Alors j'ai repoussé les couvertures et je suis resté immobile en essayant de penser à quelque chose. Je devais me lever tôt. Si je n'avais pas beaucoup de sommeil, je travaillerais mal à la conserverie. Mais mes yeux étaient poisseux et irrités quand j'essayais de les fermer.

C'était cette femme. C'étaient les ondulations de sa silhouette dans la rue, l'éclair blême de son visage maladif. Le lit est devenu intolérable. J'ai allumé la lumière, puis une cigarette. Sa fumée m'a brûlé la gorge. Je l'ai écrasée en me jurant de ne plus jamais fumer.

Retour au lit. Et à l'insomnie. Cette femme. Comme je l'aimais ! Les sinuosités de son corps, la faim dans son regard traqué, la fourrure de son col, les échelles de son collant, l'oppression dans ma poitrine, la couleur de son manteau, l'éclair de son visage, le picotement au bout de mes doigts, la filature élastique dans la rue, la lueur froide des étoiles, le mouvement têtu du croissant de lune, le goût de l'allumette, l'odeur de la mer, la douceur de la nuit, les dockers, le claquement des boules de billard, les notes perlées de la musique, les ondulations de son corps, le rythme de ses talons, son pas décidé, le vieux avec son livre, la femme, la femme, la femme.

J'ai eu une idée. J'ai rejeté mes couvertures et bondi hors du lit. Une idée fantastique ! Elle m'a emporté comme une avalanche, une maison qui s'écroule, une vitre qui explose. J'étais fébrile, fou d'excitation. Il y avait des feuilles de papier et des crayons dans un tiroir. Je les ai ramassés avant de foncer à la cuisine. Il faisait froid dans la cuisine. J'ai allumé le four et laissé sa porte ouverte. Assis nu, j'ai commencé à écrire.

Amour Eternel
ou
La Femme Aimée d'un Homme
ou
Omnia Vincit Amor
par
Arturo Gabriel Bandini

Trois titres.

Splendide ! Un début mirobolant. Trois titres, au débotté, sans le moindre effort ! Stupéfiant ! Incroyable ! Un génie ! Un authentique génie !

Et ce nom. Ah, quelle gueule il avait !

Arturo Gabriel Bandini.

Un nom qui fera date dans le rôle glorieux des immortels : un nom pour l'éternité. Arturo Gabriel Bandini. Ça sonnait encore mieux que Dante Gabriel Rossetti. Lui aussi était italien. Il appartenait à ma race.

Voici ce que j'ai écrit.

« Arthur Banning, le magnat du pétrole multi-milliardaire, tour de force, *prima facie, petit maître, table d'hôte* (1) et grand amateur des beautés ravageuses, exotiques, saccharines et constellationnesques de tous les pays du monde, des quatre coins du globe, femmes à Bombay, en Inde, terre du Taj Mahal, de Gandhi et du Bouddha ; femmes à Naples, creuset de l'art italien et de la fantaisie italienne ; femmes sur la Riviera ; femmes au lac Banff ; femmes au lac Louise ; dans les Alpes suisses ; au jardin privé de l'*Ambassador* de Los Angeles, Californie ; femmes au célèbre *Pons Asinorum* en Europe ; ce même Arthur Banning, descendant d'une vieille famille de Virginie, terre de George Washington et des grandes traditions américaines ; ce même Arthur Banning, beau et svelte, un mètre quatre-vingt-dix en chaussettes, distingué, avec des dents

(1) En français dans le texte.

comme des perles et ce charme fripon dont toutes les femmes raffolent, cet Arthur Banning, accoudé au bastingage de son puissant yacht américain tant aimé et fameux dans le monde entier, le *Larchmont VIII*, posait son regard délétère, son regard viril et puissant sur les rayons carmins, rouges et somptueux du Vieux *Sol*, mieux connu sous le nom de soleil, qui sombrait dans les eaux glauques et d'une noirceur fantasmagorique de l'Océan méditerranéen, quelque part au sud de l'Europe, en l'an de grâce mille neuf cent trente-cinq. Il était là, ce digne rejeton d'une famille richissime, célèbre, puissante, pompeuse, galant huomo, avec le monde à ses pieds et l'immense fortune stupéfiante des Banning à sa disposition ; et pourtant ; tandis qu'il était là, immobile, quelque chose troublait le grand, le sombre, le beau, le bronzé Arthur Banning qui contemplait les rayons du Vieux Sol : il était troublé parce que, malgré ses innombrables voyages sur terre, sur mer et le long des fleuves, malgré ses amours célèbres connues du monde entier grâce à la presse, la puissante presse laborieuse, lui, Arthur Banning, ce valeureux descendant, était malheureux ; malgré sa richesse, sa célébrité et sa puissance, il était seul et désirait vainement l'amour. Et tandis que sa silhouette farouche se découpait sur le pont de son *Larchmont VIII*, le plus beau, le plus racé, le plus puissant yacht jamais construit, il se demandait si la fille de ses rêves, s'il la rencontrerait bientôt, et cette fille de ses rêves ressemblerait-elle à la fille de ses rêves d'adolescence, tout là-bas, quand il rêvait sur les berges du Potomac, dans la propriété fabuleusement riche et prospère de son père, ou alors serait-elle pauvre ?

« Arthur Banning alluma sa pipe en bruyère très belle et très chère, il appela l'un de ses subalternes, un simple second maître, et il demanda à ce subalterne une allumette. Ce personnage digne de confiance, célèbre et connu dans le monde entier des navires et l'univers de la marine, un homme de réputation internationale dans le monde des navires et de la cire à cacheter, ne regimba point, mais fournit l'allumette avec une courbette pleine de respect et d'obséquiosité, et le jeune Banning, grand, svelte et beau, le remercia poliment, bien qu'avec une légère raideur, puis il reprit ses rêveries visionnaires à propos de l'heureuse jeune fille qui deviendrait un jour son épouse et la femme de ses rêves les plus fous.

« A cet instant, moment crucial, il y eut un brusque, brutal et hideux cri qui jaillit du morne labyrinthe de l'onde amère, un cri qui se mêla au clapotement des vagues glacées contre la proue du fier, luxueux et célèbre *Larchmont VIII*, un cri de détresse, un cri de femme ! Le cri d'une femme ! Un cri pitoyable d'amère agonie et de refus de la mort ! Un appel au secours ! Au secours ! Au secours ! Le jeune Arthur Banning jeta un bref regard aux eaux barattées par la tempête, puis subit une intense photosynthèse d'enrégimentation ; ses beaux yeux bleus, perçants et bien dessinés se détournèrent quand il enleva sa somptueuse veste du soir, une veste qui avait coûté 100 $, et il se dressa dans toute sa splendeur juvénile, son jeune et beau corps athlétique qui avait connu les bagarres du football à Yale, et de son homologue européen à Oxford en Angleterre, tel celui d'un dieu grec, il se détacha sur les rayons rouges du vieux Sol, tandis qu'il plongeait dans les eaux bleues de la Méditerranée. Au secours ! Au secours ! Inlassablement se répétait le cri d'agonie d'une femme aux abois, une pauvre femme à demi nue, sous-alimentée, victime de la crise, mal habillée, tandis qu'elle sentait l'étau glacé de la mort absolument tragique se refermer sur elle. Allait-elle passer de vie à trépas sans qu'on l'aidât ? C'était l'instant de vérité, et sans cérémonie, et *de facto*, le beau Arthur Banning plongea. »

J'ai écrit tout ça d'un seul trait. Les mots venaient si vite que je n'avais pas le temps de mettre des barres à mes t ni des points sur mes i. Mais maintenant je pouvais souffler un peu et me relire. Ce que j'ai fait.

Aha !

Une matière épatante ! Superbe ! Je n'avais jamais lu quoi que ce soit de comparable. Etonnant. Je me suis levé, j'ai craché dans mes mains et les ai frottées l'une contre l'autre.

Allez, allez ! Qui veut se battre avec moi ? Je suis prêt à régler son compte à tous les pauvres crétins présents dans cette pièce. Je peux dérouiller le monde entier. C'était complètement nouveau, cette sensation. J'étais un fantôme. Je flottais, je planais, je gloussais et flottais. C'était trop. Qui aurait pu rêver d'un bonheur pareil ? Dire que j'étais capable d'écrire comme ça. Dieu ! Stupéfiant !

Je suis allé à la fenêtre et j'ai regardé dehors. Le brouillard tombait. Un brouillard magnifique. Regarde ce brouillard magnifique. Je lui ai envoyé des baisers. Je l'ai caressé de mes mains. Cher Brouillard, vous êtes une jeune fille en robe blanche, et je suis une cuillère posée sur le bord de la fenêtre. Il a fait chaud aujourd'hui et j'ai chaud partout, alors s'il vous plaît, cher brouillard, embrassez-moi. Je voulais sauter, vivre, mourir, dormir éveillé dans un rêve lucide. Quelles choses merveilleuses. Quelle merveilleuse clarté. J'étais l'agonie, les morts et les immortels. J'étais le ciel et tout sauf le ciel. Il y avait trop de choses à dire, et aucun moyen de les dire.

Ah, regarde le poêle. Qui l'eût cru ? Un poêle. Imagine. Beau poêle. O poêle, je t'aime. A partir de maintenant, je te serai fidèle et à chaque heure je t'offrirai tout mon amour. O poêle, frappe-moi. Frappe-moi à l'œil. O poêle, que tes cheveux sont beaux. Laisse-moi te pisser dessus, car je t'aime à la folie, mon cher poêle immortel. Et ma main. Elle est là. Ma main. La main qui a écrit. Seigneur, une main. Et quelle main. La main du scribe. Moi et toi et ma main et Keats. John Keats et Arturo Bandini et ma main, la main de John Keats Bandini. Magnifique. O main bain pain rein sein.

Oui, j'ai écrit ça.

Mesdames et messieurs du jury, membres

émérites des Maronites suris, je l'ai écrit. Oui, mesdames et messieurs, je l'ai écrit. Je ne le nierai pas : une pauvre offrande, si je puis dire, presque rien. Mais je tiens à vous remercier pour vos aimables paroles. Oui, je vous aime tous. Sincèrement. J'aime jusqu'au dernier de vous, fous, poux, hiboux, genoux, mais j'aime particulièrement les dames, les femmes, et leurs bijoux. Qu'elles se dévêtent et se présentent devant moi. Une à une, je vous prie. Vous là-bas, la belle blonde de mes deux. Je m'occuperai de vous d'abord. Dépêchons, s'il vous plaît, mon temps est limité. J'ai beaucoup de travail à faire. Il y a si peu de temps. Je suis écrivain, vous savez, l'immortalité, vous savez, la gloire, vous savez, vous connaissez la gloire, n'est-ce pas, la gloire, vous la connaissez, n'est-ce pas. La gloire et tout le saint-frusquin, bah, une simple broutille. Je me suis tout bonnement assis à cette petite table, là-bas. Avec un crayon, oui. Un don de Dieu — aucun doute là-dessus. Ah, merci, merci. La table ? Evidemment. Pour le musée ? Bien entendu. Non non. Je refuse qu'on paie pour la voir. Les enfants ? Entrée gratuite. Je veux que tous les enfants puissent la toucher. Oh merci. Merci. Oui, j'accepte ce don. Merci, merci à vous tous. Maintenant je pars en Europe et en Union Soviétique. Les habitants de l'Europe m'attendent. Des gens formidables, ces Européens, formidables. Et les Russes, je les aime beaucoup, mes amis, les Russes. Au revoir, au revoir. Oui, je vous aime tous. Le travail, vous savez ce que c'est. J'ai tellement à faire : mon opus, mes livres, mes volumes. Au revoir, au revoir.

Je me suis assis et remis à écrire. Mon crayon filait sur la page. La page se remplissait. Je l'ai tournée. Mon crayon filait toujours. Une page de plus. Les pages s'empilaient. Par la fenêtre, le brouillard entrait, timide et frais. Bientôt il a empli la pièce. J'écrivais toujours. Page onze. Page douze.

J'ai levé les yeux. C'était l'aube. Le brouillard noyait la pièce. Le gaz était éteint. Mes mains, engourdies. J'avais une ampoule à l'index droit. Mes yeux me piquaient. Mon dos me faisait mal. Je pouvais à peine bouger à cause du froid. Mais jamais de ma vie je ne m'étais senti aussi bien.

Vingt

Ce jour-là, à la conserverie, j'ai bâclé le boulot. Je me suis écrasé un doigt sur la chaîne d'étiquetage. Mais grâce à Dieu, rien de grave. La main qui écrivait était intacte. C'était l'autre main, la gauche ; de toute façon, ma main gauche est une bonne à rien — coupez-la donc si vous le désirez. A midi je me suis endormi sur les quais. Quand je me suis réveillé, j'ai eu peur d'ouvrir les yeux. Etais-je aveugle ? La cécité m'avait-elle frappé dès le tout début de ma carrière ? Alors j'ai ouvert les yeux, et grâce à Dieu je voyais. L'après-midi avançait comme une coulée de lave. Quelqu'un a laissé tomber une caisse qui a heurté mon genou. Sans importance. Frappez où bon vous semble, messieurs, mais de grâce épargnez mes yeux et ma main droite.

Après le travail, je suis rentré vite à la maison. J'ai pris le bus avec ma dernière pièce de dix cents. Dans le bus je me suis endormi. Je m'étais trompé de bus. J'ai dû faire huit kilomètres à pied. Pendant le dîner, j'ai écrit. Un dîner infect : un hamburger. C'est parfait, Mama. Surtout ne t'inquiète pas pour moi. J'adore le hamburger. Après le dîner, j'ai écrit. Page vingt-trois, page vingt-quatre. La pile grossissait. A minuit, je me suis endormi dans la cuisine. J'ai glissé de ma chaise et me suis ouvert le crâne contre le pied du poêle. Bah, vieux poêle, laisse tomber. Ma main est indemne, mes yeux aussi ; rien d'autre ne compte. Frappe-moi encore, vieux poêle, si ça te chante, à l'estomac. Ma mère m'a déshabillé, puis mis au lit.

Le lendemain soir, j'ai encore écrit jusqu'à l'aube. J'ai dormi quatre heures. Ce jour-là, j'ai emporté du papier et un crayon au travail. Dans le bus qui m'emmenait à la conserverie, une abeille m'a piqué à la nuque. Quel toupet ! Une abeille ose piquer le génie. Saleté d'abeille ! Hors de ma vue, s'il te plaît. Tu devrais avoir honte. Suppose que tu aies piqué ma main gauche. C'est ridicule. Je me suis rendormi dans le bus Quand je me suis réveillé, le bus était au terminus, du côté de San Pedro dans le port de Los Angeles, à neuf kilomètres de la conserverie. J'ai dû prendre le ferry, puis un autre bus. Il était dix heures quand je suis arrivé à la conserverie.

Shorty Naylor se curait les dents avec une allumette.

« Alors ? »

« Ma mère est malade. Ils l'ont transportée à l'hôpital. »

« C'est moche. » Il a seulement dit ça.

Ce matin-là, j'ai filé en douce aux toilettes. Et j'ai écrit au calme. Les mouches étaient innombrables. Elles planaient au-dessus de moi, se posaient sur mes mains et le papier. Des mouches très intelligentes. Elles lisaient sans aucun doute ce que j'écrivais. A un moment, je suis resté parfaitement immobile pour qu'elles puissent se balader sur ma page en examinant chaque mot à loisir. Les mouches les plus adorables que j'aie jamais connues.

A midi, j'ai écrit au café. Il y avait beaucoup de monde, ça puait la graisse et la soupe. Je n'ai rien remarqué. Quand le sifflet a retenti, j'ai remarqué l'assiette posée devant moi : je n'y avais pas touché.

Dans l'après-midi, j'ai encore filé aux toilettes. Là, j'ai écrit pendant une demi-heure. Alors Manuel est arrivé. J'ai caché mes pages et mon crayon.

« Le patron veut te voir. »

Je suis allé voir le patron.

« Où diable étais-tu ? »

« Ma mère. Son état a empiré. J'étais au téléphone, j'appelais l'hôpital. »

Il s'est frotté le menton.

« C'est moche. »

« Elle est dans un état grave. »

Il a fait claquer sa langue.

« Moche. Elle va s'en tirer ? »

« J'en doute. Ils m'ont dit que c'était une question d'heures. »

« Bon Dieu. J' suis navré d'entendre ça. »

« Elle aura été une mère formidable pour moi. Une mère parfaite. Je ne saurais vraiment pas quoi faire, si elle mourait. Je crois que je me tuerais. Elle est ma seule amie ici-bas. »

« Elle a quelle maladie ? »
« Thrombose pulmonaire. »
Il a sifflé doucement.
« Dieu ! C't horrible. »
« C'est pas tout. »
« Quoi d'autre ? »
« Artériosclérose aussi. »
« Dieu de Dieu. »

Du coup, j'en ai eu les larmes aux yeux. J'ai reniflé. Je comprenais soudain que j'avais dit vrai en déclarant que ma mère était ma seule amie. Je pleurnichais parce que tout cela était possible, et que, moi, pauvre gosse, je bousillais ma vie dans cette conserverie ; ma mère mourait, et moi, malheureux gamin sans argent ni espoir, je trimais sans la moindre lueur au bout du tunnel tandis que ma mère agonisait, et ses dernières pensées se tournaient vers son pauvre fils qui se ruinait la santé dans une conserverie de poissons. Image déchirante. Mes larmes ont jailli.

« Elle a été merveilleuse », j'ai sangloté. « Elle a sacrifié toute sa vie à mon succès. Ça me fend le cœur. »

« C'est dur », a commenté Shorty. « J' crois comprendre c' que tu ressens. »

Alors j'ai craqué. Je me suis détourné pour cacher les larmes qui ruisselaient sur mon visage. J'étais stupéfait qu'un mensonge aussi éhonté pût me bouleverser à ce point.

« Non. Vous comprenez pas. Vous pouvez pas ! Personne peut comprendre ce que je ressens. »

Il s'est hâté de me rejoindre.

« Ecoute », il m'a dit en souriant. « Sois

un peu raisonnable : pourquoi pas prendre un jour de congé ? Va à l'hôpital ! Reste avec ta mère ! Remonte-lui le moral ! Prends quelques jours — une semaine ! Tout se passera bien ici. J'amputerai pas ta paie. J' sais c' que tu ressens. Bon Dieu, moi aussi j'ai eu une mère. »

J'ai grincé des dents en secouant la tête.

« Non. Je peux pas. Mon devoir m'appelle ici, avec mes camarades. Je veux pas que vous me fassiez une fleur. Ma mère elle-même dirait que ma place est ici. Même à la dernière extrémité, je sais qu'elle le dirait. »

Il a saisi mes épaules pour me secouer.

« Non ! » je me suis écrié. « Je ne veux pas. »

« Regarde-moi ! Qui commande ici ? Maintenant, fais c' que j' te dis. Sors d'ici, file à cet hôpital, et restes-y jusqu'à ce que ta mère aille mieux ! »

Enfin j'ai cédé, et j'ai tendu la main à Naylor.

« Bon Dieu, quel chic type vous êtes ! Merci ! Seigneur, j'oublierai jamais ça. »

Il a tapoté mon épaule.

« Laisse tomber. Je comprends c' que tu ressens. Moi aussi, j'ai eu une mère. »

Il a sorti une photo de son portefeuille.

« Regarde », il a fait en souriant.

J'ai approché le cliché jauni de mes yeux noyés de larmes. C'était une femme trapue, musculeuse, avec une robe de mariée qui tombait jusqu'à ses pieds. Derrière elle, il y avait un décor en trompe l'œil, arbres et taillis, pommiers en fleur, roses largement épanouies, la toile classique percée de trous pour voir à travers.

« Ma mère », il a dit. « Cette photo a cinquante ans. »

J'ai pensé que je n'avais jamais vu une femme aussi laide. Sa mâchoire était carrée comme celle d'un flic. Les fleurs dans sa main — elle les tenait comme un écrase-patates —, étaient fanées. Son voile était de guingois, comme un voilage qui pend d'une tringle cassée. Les commissures de ses lèvres étaient retroussées en un sourire étonnamment cynique. On aurait juré qu'elle méprisait la perspective d'épouser un de ces foutus Naylors.

« Elle est belle — indiciblement belle. »

« Pour sûr qu'elle était formidable. »

« Ça se voit. Il émane d'elle une sorte de douceur — comme une colline au crépuscule, comme un nuage lointain, quelque chose de doux et de spirituel ; vous voyez ce que je veux dire — mes métaphores sont inadéquates. »

« Ouais. Elle est morte de pneumonie. »

« Dieu », j'ai fait. « Quelle misère ! Une femme merveilleuse ! Les limites de la prétendue science ! Et tout a commencé par un rhume banal, n'est-ce pas ? »

« Ouais. Ça s'est passé 'xactement comme ça. »

« Ah, nous autres modernes ! Quels idiots nous sommes ! Nous oublions la beauté éthérée des vieilles choses, des choses précieuses — comme cette photo. Seigneur, elle est merveilleuse. »

« Ouais. Dieu, Dieu ! »

Vingt et un

Cet après-midi-là, j'ai écrit sur un banc de pique-nique dans le parc. Le soleil déclinait, l'obscurité envahissait le ciel à l'est. J'écrivais dans la pénombre. Quand le vent humide s'est levé de la mer, je suis rentré à la maison. Mona et ma mère n'y ont vu que du feu ; elles croyaient que j'arrivais de la conserverie.

Après le dîner, je m'y suis remis. Tout compte fait, ce ne serait pas une nouvelle. J'ai compté trente-trois mille cinq cent soixante mots, articles non compris. Un roman, un bon gros roman. Il y avait deux cent vingt-quatre paragraphes et trois mille cinq cent quatre-vingts phrases. Une phrase contenait quatre cent trente-huit mots, la plus longue phrase que j'avais jamais lue. J'étais fier d'elle, je savais que les critiques en resteraient comme deux ronds de flan. Après tout, c'était pas tout le monde qui pouvait écrire une phrase aussi longue.

Et j'ai continué d'écrire, dès que j'avais un moment, une ligne ou deux le matin, toute la journée dans le parc pendant trois jours, et quelques pages le soir. Les jours et les nuits filaient sous mon crayon comme les jambes vivaces des enfants. J'ai rempli trois blocs, puis un quatrième. Une semaine plus tard, c'était terminé. Cinq blocs. Soixante-neuf mille neuf mots.

C'était le récit des amours passionnées d'Arthur Banning. Avec son yacht il allait de pays en pays à la recherche de la femme de ses rêves. Il avait des liaisons avec des femmes de toutes les races et de toutes les nationalités du globe. J'ai consulté le dictionnaire pour tous mes pays et n'en ai oublié aucun. Il y en avait soixante, à raison d'une passion par pays.

Mais Arthur Banning ne trouvait jamais la femme de ses rêves.

A exactement trois heures vingt-sept du matin, le sept août, j'ai mis le point final à mon roman. Le dernier mot de la dernière page était exactement celui que je désirais.

C'était « Mort ».

Mon héros se suicidait d'une balle dans la tête.

Il pressait le canon d'un revolver contre sa tempe et disait ceci :

« Je n'ai pas réussi à trouver la femme de mes rêves. Maintenant je suis prêt à mourir. Ah, le doux mystère de la Mort. »

Je n'écrivais pas noir sur blanc qu'il appuyait sur la détente. Son acte était seulement suggéré, ce qui prouvait mon talent à manier l'ellipse dans un dénouement palpitant.

Et voilà, c'était fini.

Vingt-deux

Le lendemain soir, quand je suis arrivé à la maison, Mona lisait mon manuscrit. Les blocs étaient empilés sur la table, et elle lisait les derniers mots de la dernière page, avec cette fin sublime. Ses yeux semblaient écarquillés d'excitation. J'ai retiré ma veste et me suis frotté les mains.

« Ha ! » j'ai fait. « Je vois que tu es en pleine lecture. Poignant, hein ? »

Elle a levé vers moi un visage écœuré.

« C'est niais », elle a dit. « Complètement niais. C'est pas poignant, c'est gnangnan. »

« Oh », j'ai répondu. « Vraiment ? »

J'ai traversé la pièce.

« Mais pour qui diable te prends-tu ? »

« C'est niais. Ça m'a fait rire. J'ai presque tout sauté. Je n'ai pas jeté un seul coup d'œil dans trois de tes blocs-notes. »

J'ai brandi mon poing sous son nez.

« Et que dirais-tu si je réduisais ton visage en une marmelade informe et sanguinolente ? »

« Monsieur je-sais-tout ! Que de grands mots ! »

Je lui ai arraché les blocs des mains.

« *Ignoramus* catholique ! Infecte brebis galeuse ! Dégoûtante célibataire mal dégrossie ! »

Mes postillons ont arrosé son visage et ses cheveux. Son foulard palpitait sur son cou, puis elle m'a repoussé en souriant.

« Pourquoi ton héros ne se suicide-t-il pas dès la première page ? Ça aurait fait une bien meilleure histoire. »

Je l'ai saisie à la gorge.

« Fais bien attention à ce que tu dis, catin romaine. Je t'avertis — fais très, très, très attention. »

Elle s'est libérée en tirant sur mes bras.

« C'est le plus mauvais livre que j'aie jamais lu. »

De nouveau, je l'ai attrapée. Elle a bondi du fauteuil en se débattant comme une diablesse, visant mon visage avec ses ongles. J'ai reculé en hurlant à chaque pas.

« Espèce de sale nonne pédante à gerber, infecte grenouille pustuleuse de bénitier dégueulasse, cul-terreuse bigote et rétrograde, fruste babouin de l'héritage catholico-obscurantiste. »

Il y avait un vase sur la table. Dès qu'elle l'a repéré, elle s'est approchée de la table et s'en est emparée. Elle a joué avec lui, le caressant en souriant, le soupesant, puis me regardant d'un air menaçant. Puis elle l'a brandi au niveau de son épaule, prête à me le lancer à la tête.

« Ha ! » j'ai dit. « Vas-y ! Lance-le ! »

J'ai violemment ouvert ma chemise, les boutons ont volé un peu partout, puis j'ai bombé mon torse nu. Je me suis laisse tomber à genoux devant elle, le poitrail offert. Ensuite, mes deux poings ont martelé ma poitrine, qui est devenue rouge et douloureuse.

« Frappe ! » j'ai crié. « N'hésite pas ! Recrée l'Inquisition. Tue-moi ! Commets le fratricide. Que ce plancher rougisse du sang pur et vigoureux d'un génie qui a osé ! »

« Crétin. Tu sais pas écrire. T'es totalement incapable d'écrire. »

« Espèce de traînée ! Catin à cornette tout droit sortie du ventre de la putain romaine. »

Elle a eu un sourire torve.

« Tu peux me traiter de tous les noms que tu voudras. Mais bas les pattes. »

« Pose ce vase. »

Elle a réfléchi un moment, haussé les épaules et fini par poser le vase. Je me suis relevé. Nous nous sommes ignorés. On aurait dit qu'il ne s'était rien passé. Elle a ramassé les boutons de ma chemise tombés sur le tapis. Je suis resté assis sans rien faire, simplement pour penser à ce qu'elle avait dit à propos du livre. Ensuite, elle est allée dans la chambre. J'ai entendu le crissement feutré d'un peigne qu'elle passait dans ses cheveux.

« Keski cloche dans mon roman ? » je lui ai demandé.

« Il est niais. Je ne l'aime pas. »

« Et pourquoi ? »

« Parce qu'il est niais. »

« Bon Dieu de bois ! Critique-le ! Me dis

pas qu'il est niais! Critique-le! Keski va pas? Pourquoi est-il niais? »

Elle a marché jusqu'à la porte.

« Parce qu'il est niais. Gnangnan. C'est tout ce que je peux dire. »

Je l'ai coincée contre le mur. J'étais furieux. J'ai immobilisé ses bras, je l'ai empêchée de bouger avec mes jambes, puis je l'ai foudroyée du regard. La colère la rendait muette. Ses dents claquaient de façon incontrôlable; son visage blême se marbrait de rougeurs. Mais maintenant que je la tenais à ma merci, j'avais peur de la lâcher. Je n'avais pas oublié le couteau de boucher.

« C'est le livre le plus dingue que j'aïe jamais lu! » elle a crié. « Le livre le plus horrible, le plus atroce, le plus dingue et le plus drôle du monde! En fait, il est si mauvais que j'ai même pas pu le lire. »

J'ai opté pour l'indifférence. Je l'ai lâchée, puis j'ai fait claquer mes doigts sous son nez.

« Pfff! Voilà pour toi. Ton opinion ne me fait ni chaud ni froid. »

J'ai marché jusqu'au centre de la pièce. Je me suis planté solidement sur mes jambes pour m'adresser aux murs.

« Ils ne peuvent pas nous atteindre. Non — c'est impossible! Nous avons mis l'Eglise en déroute. Dante, Copernic, Galilée, et maintenant moi — Arturo Bandini, le fils d'un modeste charpentier. Nous avançons sans relâche. Nous sommes au-dessus d'eux. Nous transcendons même leur ridicule paradis. »

Elle frottait ses bras endoloris. J'ai marché jusqu'à elle et levé ma main vers le plafond.

« Ils peuvent bien nous pendre haut et court, nous faire brûler sur le bûcher, mais nous allons de l'avant — nous — ceux qui disent oui ; les parias ; les éternels ; les affirmatifs jusqu'à la fin des temps. »

Je n'ai pas eu le temps de me baisser : elle a pris le vase et l'a lancé. D'aussi près, elle ne pouvait manquer sa cible. Le vase m'a frappé au moment où je tournais la tête. Il m'a atteint juste derrière l'oreille et a aussitôt explosé. J'ai cru un instant que j'avais une fracture du crâne. Mais c'était un petit vase léger. J'ai cherché en vain du sang. Il avait volé en éclats sans me causer la moindre égratignure. Ses fragments sonores se sont répandus dans tout le salon. Pas la moindre trace de sang ; à peine quelques cheveux dérangés sur ma tête.

Un miracle !

Calme et indemne, je me suis retourné. Le doigt dressé vers le plafond comme un apôtre, j'ai parlé.

« Même le Seigneur Tout-Puissant est avec nous. Car en vérité je vous le dis, ils ont beau briser des vases sur nos têtes, ils ne nous blessent point et nos crânes demeurent sains et saufs. »

Mona était soulagée que je ne sois pas blessé. Elle est retournée dans la chambre en riant. Elle s'est allongée sur le lit et je l'ai entendue rire à n'en plus finir. Debout à la porte, je l'ai regardée froisser un oreiller avec délice.

« Ris donc », j'ai dit. « Continue. Car en vérité je vous le dis, rira bien qui rira le dernier, et vous devez dire oui, acquiescer encore et toujours, inlassablement ; ainsi parlait Zarathoustra. »

Vingt-trois

Ma mère est arrivée à la maison, les bras pleins de paquets. J'ai bondi du divan pour la suivre à la cuisine. Elle a posé ses paquets, puis s'est tournée vers moi. Elle était essoufflée, le sang battait dans son visage rouge ; les étages étaient toujours une épreuve pour elle.

« Tu as lu mon roman ? »

« Oui », elle a dit d'une voix hachée. « Bien sûr. »

J'ai saisi ses épaules en les serrant fort.

« C'est une histoire formidable — n'est-ce pas ? Réponds vite ! »

Elle a serré les poings, légèrement vacillé, fermé les yeux.

« Certainement ! »

Je ne l'ai pas crue.

« Pas de mensonge, s'il te plaît. Tu sais parfaitement que je déteste l'hypocrisie sous toutes ses formes. Je ne suis pas un pharisien. Je tiens toujours à ce qu'on me dise la vérité. »

Mona s'est alors levée, puis arrêtée dans l'encadrement de la porte. Les mains croisées dans le dos, elle s'appuyait contre le chambranle avec le sourire de Mona Lisa.

« Dis-le à Mona », j'ai intimé à ma mère.

Ma mère s'est tournée vers Mona.

« Je l'ai lu — n'est-ce pas, Mona ? »

L'expression de Mona est demeurée inchangée.

« Tu vois ! » s'est écriée ma mère, triomphale. « Mona *sait* que je l'ai lu, n'est-ce pas, Mona ? »

Elle s'est encore tournée vers Mona.

« J'ai dit que ça me plaisait, n'est-ce pas, Mona ? »

Mona n'a pas bronché.

« Tu vois ! Mona sait que ça m'a plu — n'est-ce pas, Mona ? »

Je me suis mis à marteler ma poitrine.

« Dieu de Dieu ! » j'ai braillé. « Adresse-toi à moi ! A moi ! A moi ! Pas à Mona ! A moi ! A moi ! Moi, moi ! »

Ma mère désespérée a levé les bras au ciel. Elle paraissait tendue, peu sûre d'elle-même.

« Mais je viens de te dire que j'ai trouvé ton roman magnifique ! »

« Ne mens pas. Je t'interdis de finasser. »

Avec un soupir, elle a répété.

« Il est magnifique. Pour la troisième fois, je te dis qu'il est magnifique. Magnifique. »

« Cesse de mentir. »

Ses yeux voletaient en tous sens. Elle avait envie de crier, de pleurer. Elle a serré ses tempes entre ses mains et tenté de trouver une autre manière de dire la même chose.

« Alors, que veux-tu que je te dise ? »

« Je veux la vérité, s'il te plaît. Seulement la vérité. »

« Très bien. Voici la vérité : ton roman est magnifique. »

« Cesse de mentir. La moindre des choses que je suis en droit d'attendre de la femme à qui je dois la vie est un quelconque semblant de vérité. »

Elle a serré ma main entre les siennes, approché son visage du mien.

« Arturo », elle a supplié. « Je te jure qu'il me plaît. Je te le jure. »

Elle était sincère.

Au moins, j'avais maintenant quelque chose de concret à me mettre sous la dent. Voilà une femme qui me comprenait. Cette femme ici présente, ma mère. Elle me comprenait. Le sang de mon sang, la moelle de ma moelle, elle était capable d'apprécier ma prose. Face au monde entier, elle l'aurait qualifiée de magnifique. Voilà une femme digne de passer à la postérité, une femme qui, malgré sa simplicité, était une esthète, une critique à l'intuition infaillible. Quelque chose a fondu en moi.

« Petite mère », j'ai murmuré. « Ma chère petite mère. Ma douce mère chérie. Je t'aime tellement. La vie est si dure pour toi, ma tendre mère chérie. »

Quand je l'ai embrassée, j'ai goûté la saveur salée de son cou. Elle paraissait si fatiguée, surmenée. Quelle justice y avait-il donc dans ce monde, pour que cette femme doive souffrir sans se plaindre ? Existait-il un Dieu dans le ciel qui la jugeait et la rangeait parmi les siens ? Il devrait y en avoir un ! Il devait y en avoir un !

« Chère petite mère. Je vais te dédier mon livre. A toi ma mère. A ma mère, avec toute ma reconnaissance. A ma mère, sans qui cette grande œuvre aurait été impossible. A ma mère, avec toute la gratitude d'un fils qui n'oubliera jamais. »

Avec un cri perçant, Mona est retournée dans la chambre.

« Ris ! » j'ai braillé. « Ne te gêne pas, espèce d'oie blanche ! »

« Chère petite mère », j'ai repris. « Chère petite mère. »

« Ris donc ! » j'ai crié à Mona. « Dévote confite ! Ris ! »

« Chère petite mère. Pour toi : ma mère : un baiser ! »

Et je l'ai embrassée.

« Le héros m'a fait penser à toi », elle a dit en souriant.

« Ma chère petite mère. »

Puis elle a toussé en hésitant. Quelque chose la tracassait. Elle essayait de formuler sa question.

« La seule chose qui m'a gênée, c'est : ton héros doit-il vraiment faire l'amour avec cette négresse ? Cette femme d'Afrique du Sud ? »

J'ai serré ma mère contre moi en riant. Comme c'était drôle. Je l'ai embrassée, j'ai caressé sa joue. Ho, ho, elle était comme une petite fille, un tout petit bébé.

« Ma chère petite mère. Je constate que mon texte a eu un profond effet sur toi. Il a remué jusqu'au tréfonds de ton âme pure, ma chère petite mère adorée. Ho, ho. »

« Et puis, je n'ai pas aimé l'histoire avec cette Chinoise. »

« Chère petite mère. Mon petit bébé de mère. »

« Je n'ai pas non plus beaucoup apprécié l'aventure avec la femme esquimau. Je l'ai trouvée horrible. Ça m'a dégoûtée. »

J'ai secoué mon index devant son visage.

« Allons, allons. Foin de puritanisme. Tâchons d'éliminer toute pruderie déplacée. Essayons d'être logique et philosophique. »

Elle s'est mordu les lèvres, a froncé les sourcils. Il y avait autre chose qui la tourmentait. Elle a réfléchi, puis m'a regardé tout simplement dans les yeux. Je connaissais son problème : elle avait peur de parler, peur de dire ce qu'elle avait à dire.

« Alors », j'ai dit. « Parle. Crache ton morceau. Quoi d'autre ? »

« L'endroit où il couche avec toutes ces danseuses. J'ai pas aimé ce passage non plus. Vingt danseuses ! J'ai trouvé ça horrible. Ça ne m'a pas plu du tout. »

« Et pourquoi donc ? »

« A mon avis, il ne devrait pas coucher avec autant de femmes. »

« Ah, tu crois, tiens ? Et pourquoi pas ? »

« Ça ne me plaît pas — voilà tout. »

« Pourquoi ? Cesse donc de tourner autour du pot. Exprime ton opinion si tu en as une. Sinon, boucle-la. Ah, les femmes ! »

« Il devrait trouver une gentille et brave

Catholique, s'installer avec elle et l'épouser. »

C'était donc ça ! Enfin elle disait la vérité. Je l'ai saisie aux épaules et retournée pour que son visage soit devant le mien, ses yeux au même niveau que les miens.

« Regarde-moi », je lui ai dit. « Il paraît que tu es ma mère. Eh bien, regarde-moi donc ! Est-ce que je ressemble à un homme qui vend son âme contre des espèces sonnantes et trébuchantes ? Crois-tu que la vulgaire opinion publique m'importe ? Réponds-moi ! »

Elle reculait.

Je me suis frappé la poitrine.

« Réponds-moi ! Ne reste pas plantée là comme une imbécile, une demeurée, une vulgaire pharisienne catholique et bourgeoise. J'exige une réponse ! »

Je l'ai sentie se braquer contre moi.

« Ton héros est méchant. Il commet l'adultère à presque toutes les pages. Les femmes, les femmes, les femmes ! Il est impur dès le début. Il m'a levé le cœur. »

« Ha ! » je me suis écrié. « Enfin ça sort ! Enfin l'horrible vérité se montre au grand jour ! Résurgence papiste ! L'hydre catholique redresse la tête ! Le pape de Rome brandit son affreuse bannière. »

Je suis allé dans le salon et j'ai parlé à la porte.

« Voilà de quoi le monde est fait. L'énigme de l'Univers. La transvaluation des valeurs déjà transvaluée. La calotte. La superstition petite-bourgeoise. Le papisme. La catin romaine dans toute son horreur peinturlurée ! L'ultramontanisme. Oui — en vérité je vous le dis, si vous ne prenez l'habitude du oui, vous rejoindrez le cercle des damnés ! Ainsi parlait Zarathoustra ! »

Vingt-quatre

Après le dîner, j'ai emporté le manuscrit dans la cuisine. J'ai posé mes blocs-notes sur la table et allumé une cigarette.

« Maintenant nous allons voir si c'est vraiment niais. »

Alors que je commençais de lire, j'ai entendu Mona chanter.

« Silence ! »

Je me suis concentré pour lire les dix premières lignes. Quand j'ai eu fini, j'ai laissé tomber mon manuscrit comme un serpent mort et me suis levé. J'ai marché dans la cuisine. Impossible ! Ce n'était pas vrai !

« Y a quelque chose qui ne va pas. Il fait trop chaud ici. Ça ne me convient pas. J'ai besoin de place et d'air frais. »

J'ai ouvert la fenêtre et regardé dehors pendant un moment. Derrière moi gisait le livre. Bon — retourne lire, Bandini. Ne reste pas planté à la fenêtre. Le bouquin n'est pas ici ; il est là-bas, derrière toi, sur la table. Retourne à ta lecture.

Je me suis assis en serrant les dents et j'ai

lu cinq autres lignes. Mon visage était congestionné. Mon cœur battait comme un marteau de forge.

« C'est bizarre; vraiment très bizarre. »

Du salon venait la voix de Mona. Elle chantait. Un cantique. Seigneur, un cantique à une heure pareille. J'ai ouvert la porte et passé la tête dans le salon.

« Arrête de chanter, ou je vais te montrer quelque chose de vraiment niais. »

« Je chanterai si j'en ai envie. »

« Pas de cantiques. Je proscris les cantiques. »

« Je chanterai des cantiques si j'en ai envie. »

« Chante donc un cantique — avant de mourir. Comme tu voudras. »

« Qui est mort ? » a demandé ma mère.

« Personne », j'ai répondu. « Personne — pour le moment. »

Je suis retourné à mon livre. Dix autres lignes. J'ai bondi sur mes pieds en me rongeant les ongles. J'ai arraché la cuticule de mon pouce. Un éclair de douleur m'a frappé. Fermant les yeux, j'ai saisi ma cuticule entre mes dents et l'ai complètement arrachée. Une minuscule tache de sang rouge est apparue sous l'ongle.

« Saigne ! Saigne à mort ! »

Mes vêtements collaient à ma peau. Je détestais cette cuisine. Par la fenêtre, j'ai regardé les voitures passer sur Avalon Boulevard. Je n'avais jamais entendu autant de bruit. Je n'avais jamais connu une douleur comparable à celle de mon pouce. Douleur et bruit. Tous les klaxons du monde étaient réunis sur le boulevard. Tout ce boucan me rendait fou. Je ne pouvais pas vivre dans un lieu pareil et écrire. Le zzzzzz d'un robinet de baignoire montait du rez-de-chaussée. Qui donc prenait un bain à cette heure ? Quel cinglé ? La plomberie était peut-être cassée. J'ai traversé l'appartement ventre à terre jusqu'à notre salle de bains pour faire couler l'eau. Tout marchait — mais c'était bruyant, si bruyant que je me suis étonné de ne pas l'avoir remarqué plus tôt.

« Qu'y a-t-il ? » a dit ma mère.

« Il y a beaucoup trop de bruit. Je ne peux pas créer dans ce vacarme. Je t'annonce solennellement que je commence à être las de cette maison de fous. »

« Je trouve la soirée plutôt tranquille. »

« Ne me contredis pas — femme. »

Je suis retourné à la cuisine. C'était vraiment un endroit impossible pour écrire. Pas étonnant. Pas étonnant — que quoi ? Eh bien, pas étonnant que ce soit un endroit impossible pour écrire. Pas étonnant ? De quoi parles-tu ? Pas étonnant — *que quoi ?* Cette cuisine est un handicap majeur. Ce quartier est un handicap majeur. Cette ville est un handicap majeur. J'ai sucé mon pouce où palpitait une douleur lancinante. La souffrance me déchirait, m'anéantissait. J'ai entendu ma mère parler à Mona.

« Keski lui prend maintenant ? »

« Il est maboule », a dit Mona.

Je me suis rué dans la chambre.

« Je t'ai entendue ! » j'ai hurlé. « Je te conseille de la boucler ! Je vais te montrer lequel de nous deux est le plus niais. »

« Je n'ai jamais dit que *tu* étais niais », a rétorqué Mona. « J'ai dit que ton histoire était niaise. Pas toi. » Elle a souri. « J'ai dit que tu étais maboule. C'est ton livre que je trouve niais. »

« Prends garde ! Aussi vrai que Dieu est mon juge, je t'avertis. »

« Keski vous prend à tous les deux ? » a demandé ma mère.

« Elle le sait », j'ai dit. « Demande-lui donc. »

Rassemblant mon courage en vue de l'épreuve, la mâchoire crispée, je suis retourné lire. J'ai tenu la page devant moi, les yeux fermés. J'avais peur de lire. On ne pouvait pas écrire dans un asile de fous. Aucune création artistique ne pouvait surgir de ce chaos stupide. La belle prose requiert un cadre tranquille, paisible. Voire peut-être de la musique douce. Pas étonnant ! Pas étonnant !

J'ai ouvert les yeux et tenté de lire. Rien à faire. Ça ne marchait pas. Je ne pouvais pas lire. J'ai essayé à haute voix. Echec sur toute la ligne. Ce livre était nul. Il était verbeux ; il contenait trop de mots. Il était indigeste. C'était un très bon livre. Il était raté. C'était un livre infect. C'était le livre le plus mauvais que j'aie jamais vu. Un livre puant, répugnant. Il était ridicule ; il était drôle ; il était niais ; oh que c'est niais, niais, niais et gnangnan. Honte à toi, espèce d'auteur gnangnan d'un livre aussi niais. Mona a raison. C'est indécrottablement niais.

C'est à cause des femmes. Elles ont empoisonné mon esprit. Je sens que ça vient — la folie furieuse. Le manuscrit d'un fou. La démence. Ha ! Regardez ! Il est fou ! Regardez-le ! C'est dans son hérédité ! Complètement dingo ! Il est devenu ainsi à cause de ses innombrables femmes secrètes, monsieur. Je le plains sincèrement. Un cas dramatique, monsieur. Autrefois, c'était un bon petit Catholique. Il fréquentait l'église et tout le saint-frusquin. Un gamin très pratiquant, monsieur. Un enfant modèle. Eduqué par les religieuses, un garçon tout ce qu'il y a de bien. Et aujourd'hui, un cas dramatique, monsieur. Comme c'est touchant. Brusquement, il a changé. Ouais. Il s'est passé un truc bizarre dans la tête de ce type. Il est reparti du mauvais pied après la mort de son père, et voilà comment ça se termine.

Il se faisait des idées. Il avait toutes ces femmes bidon. Ce type a toujours été un peu fêlé, mais il a fallu toutes ces femmes bidon pour faire éclater ça au grand jour. Je le voyais souvent dans le quartier, il se baladait tout seul. Il vivait avec sa mère et sa sœur dans la maison rococo en face de l'école. Il allait souvent *Chez Jim.* N'avez qu'à demander à Jim. Jim le connaît bien. Travaillait à la conserverie. A fait plein de petits boulots dans le coin. N'a pas pu en garder le moindre, pourtant — trop fantasque. Une case en moins, un fusible de grillé. Cinglé, je vous dis, complètement cinoque. Ouais — trop de femmes, et d'une espèce douteuse. Z'auriez dû entendre ce zigoto déblatérer. Quel délire. Le pire menteur de tout le Comté de Los Angeles. L'avait des hallucinations. Des illusions de grandeur.

Une menace pour la société. Y suivait des femmes dans la rue. Y se foutait en rogne contre les mouches et y les bouffait. Les femmes l'ont eu. Il a tué plein de crabes aussi. Il en a tué tout un après-midi. Complètement maboule. Le plus maboule de tout le Comté de Los Angeles. Une chance qu'on l'ait bouclé. Vous dites qu'on l'a alpagué alors qu'il errait sur les quais dans un état de stupeur ? Ben c'est lui tout craché. Cherchait probablement d'autres crabes à tuer. Un gars dangereux, je vous dis. Sa place est derrière les barreaux. D'ailleurs, faudra le tenir à l'œil. Gardez-le pendant le restant de ses jours. M' sens davantage en sécurité avec ce dingo en cabane. C'est sa place. M' enfin, c'est un cas pathétique. J' suis vraiment navré pour sa mère et sa sœur. Elles prient pour lui tous les soirs. Vous imaginez ça ? Ouais ! Peut-être qu'elles aussi sont cinglées.

Je me suis écroulé sur la table et j'ai fondu en larmes. J'ai voulu prier de nouveau. Plus que tout au monde, je désirais prier.

Ha ! Le cinglé veut prier !

Un cinglé bigot ! C'est peut-être son passé religieux qui remonte. Le gamin était peut-être trop vieux. Drôle de type quand même. Quelle rigolade. J'ai mordu les articulations de mes doigts. J'ai serré la table de toutes mes forces. Mes dents ont trouvé la cuticule de mon pouce. J'ai arraché ce qui restait. Les blocs-notes m'entouraient sur la table. Quel écrivain ! Un livre sur les Pêcheries californiennes ! Un livre sur le dégueulis californien !

Rires.

Dans la pièce voisine, je les ai entendues, ma mère et Mona. Elles parlaient argent. Ma mère se plaignait amèrement. Elle disait que nous ne nous en tirerions jamais avec mon salaire aux conserveries. Elle disait que nous irions vivre chez Oncle Frank. Il s'occuperait bien de nous. Je connaissais l'origine de ce genre de discours. Les paroles d'Oncle Frank. Une fois encore, il avait parlé à ma mère. Je le savais. Et je savais aussi qu'elle ne répétait pas tout ce qu'il lui avait réellement dit : que j'étais un incapable, qu'on ne pouvait pas compter sur moi, qu'elle devait toujours s'attendre au pire de ma part. Et ma mère monopolisait la parole ; Mona n'en plaçait pas une. Pourquoi Mona ne lui répondait-elle pas ? Pourquoi Mona était-elle si lâche ? Si trouillarde ?

J'ai sauté sur mes pieds et je suis entré.

« Réponds à ta mère quand elle te parle ! »

Dès que Mona m'a vu, elle a été terrifiée. Je découvrais pour la première fois de la panique dans ses yeux. Aussitôt je suis passé à l'action. Je tenais enfin l'occasion que j'attendais depuis si longtemps. J'ai fondu sur elle.

« Fais attention ! » elle a dit.

Elle retenait son souffle, restait collée contre la chaise.

« Arturo ! » s'est écriée ma mère.

Mona a fait un pas dans la chambre à coucher, puis elle a claqué la porte. Elle s'y appuyait de tout son poids. Elle a demandé à ma mère de me retenir. Mais d'un coup d'épaule j'ai ouvert la porte. Mona a battu en retraite vers le lit, puis est tombée dessus. Elle haletait.

« Fais attention ! »

« Espèce de nonne ! »

« Arturo ! » a répété ma mère.

« Espèce de nonne ! Alors c'était niais, hein ? Alors ça t'a fait rire, hein ? Alors c'est le pire livre que tu aies jamais lu, hein ? »

J'ai levé mon poing et l'ai abattu sur elle. Il l'a frappée à la bouche. La main sur la bouche, elle s'est effondrée parmi les oreillers. Ma mère est entrée en hurlant. Le sang coulait entre les doigts de Mona.

« Alors ça t'a fait rire, hein ? Tu as ricané ! Devant l'œuvre d'un génie. Toi ! Te moquer d'Arturo Bandini ! Et maintenant Bandini riposte. Il riposte au nom de la liberté ! »

Ma mère a couvert sa fille avec ses bras et son corps. J'ai essayé de l'écarter, mais elle m'a griffé comme une chatte.

« Dehors ! » elle a crié.

J'ai pris mon blouson et suis sorti. Derrière moi, ma mère babillait. Mona gémissait. J'ai eu la certitude de ne plus jamais les revoir. Et j'en étais heureux.

Vingt-cinq

Dans la rue je n'ai pas su où aller. La ville avait deux directions intéressantes : l'est et l'ouest. A l'est, il y avait Los Angeles; à un demi-mile à l'ouest, la mer. J'ai marché en direction de la mer. Cette nuit d'été était d'un froid piquant. Le brouillard tombait. Le vent le poussait çà et là en grands lambeaux blancs qui rampaient au-dessus du sol. Sur le canal j'entendais des cornes de brume qui mugissaient comme des wagons de bœufs. J'ai allumé une cigarette. Il y avait du sang sur les jointures de mes doigts — le sang de Mona. Je les ai essuyées sur ma jambe de pantalon. Le sang ne partait pas. J'ai fermé mon poing devant ma bouche, et d'un baiser humide j'ai laissé le brouillard le mouiller. Puis je les ai encore essuyées. Le sang ne partait toujours pas. Alors j'ai frotté mes jointures dans la poussière du trottoir jusqu'à ce que le sang ait disparu, mais du même coup je me suis arraché la peau des jointures, et c'est mon sang qui a coulé.

« Parfait. Saigne-toi. Saigne ! »

J'ai traversé la cour de l'école et descendu

Avalon d'un bon pas. Où vas-tu, Arturo ? Ma cigarette était horrible, une boule de cheveux dans ma bouche. Je l'ai crachée devant moi, puis écrasée soigneusement du talon. Je l'ai regardée par-dessus mon épaule. J'ai été stupéfait. Elle n'était pas éteinte, une légère fumée se tordait dans le brouillard. J'ai marché jusqu'au croisement suivant en pensant à cette cigarette. Elle vivait encore. Ça m'a fait mal de la savoir toujours allumée. Pourquoi était-elle allumée ? Pourquoi ne s'était-elle pas éteinte ? Un mauvais présage, peut-être. De quel droit privais-je cette cigarette de son visa pour le royaume des cigarettes mortes ? Pourquoi la laisser se consumer et endurer une telle souffrance ? Etais-je tombé si bas ? Etais-je un monstre si terrible que je refusais à cette cigarette son juste congé ?

Je suis revenu rapidement sur mes pas.

Elle était toujours là.

Du talon, je l'ai réduite en une masse brune informe.

« Au revoir, chère cigarette. Nous nous retrouverons au paradis. »

Après quoi je suis parti. Les multiples langues froides du brouillard me léchaient. J'ai boutonné mon blouson de cuir jusqu'au cou en laissant le dernier bouton ouvert.

Pourquoi ne pas boutonner aussi le dernier ?

Ça m'a agacé. Devais-je le boutonner ou le laisser ouvert, la risée du monde des boutons, la brebis galeuse et inutile ?

Je vais le laisser déboutonné.

Non, je vais le boutonner.

Si, je le laisserai déboutonné.

Je n'ai fait ni l'un ni l'autre. A la place, j'ai pris une décision radicale. J'ai arraché le bouton de mon col et l'ai jeté dans la rue.

« Désolé, bouton. Nous avons été longtemps amis. Souvent mes doigts t'ont touché, et tu m'as tenu chaud par maintes nuits froides. Pardonne-moi pour le mal que je viens de te faire. Nous aussi nous retrouverons au paradis. »

Je me suis arrêté devant la banque pour regarder les traces d'allumettes sur le mur. Les Limbes des traces d'allumettes, le mur des lamentations de ces êtres sans âme. Ici, une seule trace d'allumette avait une âme — une seule, la trace faite par la femme au manteau pourpre. Devais-je m'arrêter pour lui rendre visite ? Ou bien continuer ?

Je vais m'arrêter.

Non, je continue.

Si, je m'arrête.

Non, pas question.

Oui et non.

Oui et non.

Je me suis arrêté.

J'ai retrouvé la trace d'allumette de la femme au manteau pourpre. Qu'elle était belle ! Quelle harmonie dans cette trace ! Quelle expression ! J'ai gratté une allumette en laissant une longue traînée noire. Puis j'ai enfoncé le soufre incandescent dans la trace de la femme au manteau pourpre. Mon allumette est restée fichée dans le mur.

« Je te séduis. Je t'aime et je t'offre publiquement mon amour. Quelle chance pour toi ! »

Elle restait plantée là, dans la trace somptueuse de la femme. Puis elle est tombée, le soufre brûlant s'est refroidi. Je suis reparti d'un pas décidé et militaire, tel un conquérant qui venait de posséder l'âme incomparable d'une trace d'allumette.

Mais pourquoi mon allumette s'était-elle refroidie en tombant ? Ça m'a turlupiné. La panique m'a submergé. Pourquoi était-elle tombée ? Qu'avais-je donc fait pour mériter ce traitement ? J'étais Bandini — l'écrivain. Pourquoi l'allumette m'avait-elle lâché ?

Je suis vite revenu sur mes pas, furieux. J'ai retrouvé l'allumette à l'endroit où elle était tombée sur le trottoir, et elle gisait là, indubitablement froide et morte. Je l'ai ramassée.

« Pourquoi es-tu tombée ? Pourquoi m'abandonnes-tu à l'heure de mon triomphe ? Je suis Arturo Bandini — le puissant écrivain. Pourquoi cette trahison ? »

Pas de réponse.

« Parle ! J'exige une explication. »

Pas de réponse.

« Très bien. Je n'ai pas le choix. Je dois te détruire. »

Je l'ai cassée en deux avant de la jeter dans le caniveau. Elle a atterri à côté d'une autre allumette, celle-là non brisée, une très belle allumette dotée d'une collerette de soufre bleu, une allumette très mondaine et sophistiquée. La mienne gisait là, humiliée, l'échine brisée.

« Tu me gênes. Maintenant, tu vas souffrir pour de bon. Je t'abandonne aux sarcasmes du royaume des allumettes. Maintenant toutes les allumettes qui te verront t'adresseront des remarques méprisantes. Qu'il en soit ainsi. Bandini a parlé. Bandini, le puissant maître de la plume. »

Mais vingt mètres plus loin, cela m'a paru terriblement injuste. Cette pauvre allumette ! Quel destin horrible ! Ma condamnation était d'une cruauté gratuite. Elle avait fait de son mieux. Je savais qu'elle souffrait beaucoup. Je suis allé la ramasser. Je l'ai mise dans ma bouche et mastiquée pour la réduire en bouillie.

Aucune autre allumette ne serait désormais capable de la reconnaître. Je l'ai crachée dans ma main. Elle était là, brisée, anéantie, déjà en décomposition. Parfait ! Magnifique ! Un véritable miracle de la déchéance. Bandini, je te félicite ! Tu viens d'accomplir un miracle. Tu as précipité le cours des lois éternelles, accéléré le retour à la source. Bravo, Bandini ! Un travail superbe. Impeccable. Un dieu authentique, un surhomme génial ; un maître de la vie et des belles lettres.

Je suis passé devant la Salle de Billard Acme, sur le chemin du mont-de-piété. Ce soir, la boutique était ouverte. La vitrine était identique à ce qu'elle avait été trois semaines plus tôt, ce fameux soir où la femme au manteau pourpre l'avait scrutée. La pancarte non plus n'avait pas bougé : Meilleur Prix pour l'Or Ancien.

Tout cela venait de cette soirée si lointaine où j'avais vaincu Gooch dans ce mémorable huit cents mètres et remporté une glorieuse victoire pour l'Amérique. Où était donc Gooch aujourd'hui, Sylvester Gooch, le puissant Hollandais ? Ce bon vieux Gooch ! Il n'oublierait pas Bandini de sitôt. Quel grand coureur il était, presque l'égal de Bandini. Quelles histoires il pourrait raconter à ses petits-enfants ! Le jour où nous nous retrouverons dans un autre pays, nous parlerons du bon vieux temps, Gooch et moi. Mais où était-il maintenant, ce Hollandais volant ? Sans nul doute de retour aux Pays-Bas, où il bricolait ses moulins à vent, ses tulipes et ses sabots de bois, ce puissant champion qui était presque l'égal de Bandini, et qui attendait la mort parmi ses doux souvenirs, qui attendait Bandini.

Mais où était-elle — ma femme de cette soirée somptueuse ? Ah brouillard, conduis-moi vers elle. J'ai tant de choses à oublier. Rends-moi semblable à toi, brume impalpable, opaque comme l'âme, et porte-moi vers les bras de la femme au visage blême. Meilleur Prix pour l'Or Ancien. Ces mots s'étaient gravés dans ses yeux, avaient parcouru ses nerfs, puis atteint son cerveau, les profondeurs enténébrées de son cerveau derrière son visage blême. Ils avaient laissé leur griffe dans ces régions obscures, trace d'allumette du souvenir, marque qu'elle porterait jusqu'à son dernier jour, impression indélébile. Merveilleux, merveilleux, Bandini, que ta vision est acérée ! Que ta proximité de la divinité est mystérieuse. Ces mots, ces termes adorables, cette beauté langagière, gravés dans le temple de son esprit à elle.

Je te vois maintenant, femme de cette soirée mémorable — je te vois dans le lieu saint d'une piaule miteuse d'un quartier crasseux, le brouillard dehors, tu es allongée, les baisers mortels de la brume glacent tes jambes abandonnées, tes cheveux sentent le sang, la douceur du sang, ton collant déchiré est posé sur une chaise bancale sous la froide lumière jaune d'une unique ampoule souillée, l'odeur de la poussière et du cuir mouillé palpite dans l'air, tes chaussures bleues éculées gisent tristement près de ton lit, ton visage se ride de la misère épuisante de la défloration Woolworth et de la pauvreté abrutissante, tes lèvres douteuses qui sont pourtant les douces lèvres bleues de la beauté me prient de venir venir venir jusqu'à cette chambre misérable pour me repaître de tes formes putrescentes, pour t'offrir une beauté déchirante contre la misère, une beauté déchirante contre la vulgarité, ma beauté contre la tienne, et la lumière devient obscurité tandis que nous crions, notre amour et notre adieu pitoyables au clignotement tortueux d'une aube grise qui refuse de vraiment commencer et ne connaîtra jamais de véritable fin.

Meilleur Prix pour l'Or Ancien.

Une idée! La solution de tous mes problèmes. Le salut d'Arturo Bandini.

Je suis entré.

« Vous restez ouvert jusqu'à quelle heure? »

Le Juif derrière le grillage n'a pas levé les yeux de son livre de comptes.

« Encore une heure. »

« Je reviens. »

Quand je suis arrivé à la maison, elles étaient parties. Il y avait un mot non signé sur la table. Ma mère l'avait écrit.

« Nous sommes chez Oncle Frank pour la soirée. Viens nous rejoindre. »

On avait retiré le dessus-de-lit, ainsi qu'une des taies d'oreiller. Tout cela gisait en tas par terre, taché de sang. Sur la commode il y avait des pansements et un flacon bleu de désinfectant. Une casserole d'eau rosée était posée sur la chaise. A côté, il y avait la bague de ma mère. Je l'ai mise dans ma poche.

J'ai ensuite tiré la malle de sous le lit. Elle contenait beaucoup de choses, des souvenirs de notre enfance soigneusement conservés par ma mère. Je les ai sortis un à un. Un adieu sentimental, un dernier regard au passé avant l'envol de Bandini. La boucle de cheveux blonds dans le minuscule livre de prières blanc : mes cheveux d'enfant; le livre de prières était un cadeau reçu le jour de ma première communion.

Coupures de presse du journal de San Pedro quand je suis sorti de l'école primaire; d'autres coupures quand j'ai quitté le lycée. Des coupures à propos de Mona. Une photo de Mona en première communiante, parue dans le journal. Sa photo et la mienne le jour de la confirmation. Notre photo le dimanche de Pâques. Notre photo quand nous chantions tous les deux dans le chœur. Notre photo ensemble le jour de la fête de la Vierge. Une feuille couverte de mots pour un concours d'orthographe quand j'étais à l'école primaire ; 100 % au-dessus de mon nom.

Des coupures relatives à des jeux scolaires. Tous mes livrets depuis le début. Tous ceux de Mona. Je n'étais pas un élève brillant, mais passais toujours dans la classe supérieure. Voici un de mes livrets scolaires : Arithmétique 70 ; Histoire 80 ; Géographie 70 ; Orthographe 80 ; Religion 99 ; Anglais 97. Jamais le moindre problème en religion ou en anglais pour Arturo Bandini. Et voici un livret de Mona : Arithmétique 96 ; Histoire 95 ; Géographie 97 ; Orthographe 94 ; Religion 90 ; Anglais 90.

Elle me battait sans doute dans les autres matières, mais jamais en anglais ni en religion. Ho ! Très amusant, ça. Une anecdote vraiment croustillante pour les biographes d'Arturo Bandini. Le pire ennemi de Dieu a de meilleures notes en religion que la meilleure amie de Dieu, et tous deux appartiennent à la même famille. Quelle ironie ! Quelle biographie ç'allait être ! Ah Seigneur, faites que je vive assez vieux pour la lire !

Au fond de la malle, j'ai trouvé ce que je cherchais. Les bijoux de famille enveloppés dans un châle en laine écossaise. Deux grosses bagues en or, une montre et une chaîne en or, des boutons de manchettes en or, des boucles d'oreilles en or, une broche en or, quelques épingles à chapeau en or, un camée en or, une chaîne en or, plus des petits colifichets en or — des bijoux achetés par mon père de son vivant.

« Combien ? » j'ai demandé.

Le Juif a pris un air mielleux.

« C'est pas bon. Invendable. »

« Mais combien ? Et votre pancarte alors ? Meilleur Prix pour l'Or Ancien ? »

« Peut-être cent dollars, mais je n'en tirerai rien. Pas beaucoup d'or là-dedans. C'est surtout du plaqué. »

« Donnez-moi deux cents dollars et je vous laisse le tout. »

Il a eu un sourire amer, ses yeux noirs ont rétréci entre ses paupières de grenouille.

« Jamais. Pour rien au monde. »

« Disons cent soixante-quinze. »

Il a repoussé les bijoux vers moi.

« Remballez tout ça. Cinquante dollars, et pas un sou de plus. »

« Disons cent soixante-quinze. »

Nous sommes tombés d'accord sur cent dix dollars. Il m'a tendu les billets un à un. De ma vie, je n'avais jamais eu autant d'argent. En voyant tous ces billets, j'ai cru que j'allais m'évanouir. Mais je ne lui ai rien montré de mon émotion.

« C'est de l'escroquerie », j'ai dit. « Vous me volez. »

« Vous voulez dire de la charité. Je vous fais quasiment cadeau de cinquante dollars. »

« Monstrueux », j'ai dit. « Horrible. »

Cinq minutes après, j'étais en haut de la rue, *Chez Jim*. Il astiquait des verres derrière le comptoir. Son accueil ne variait jamais.

« Bonjour ! Et comment va le boulot à la conserverie ? »

Je me suis installé, j'ai sorti mon rouleau de billets et les ai recomptés.

« Sacré rouleau que tu as là », il a dit en souriant :

« Combien je te dois ? »

« Ben — rien. »

« Tu es sûr ? »

« Tu ne me dois pas un cent. »

« Je quitte la ville », j'ai dit. « Retour au Q.G. Je croyais que je te devais quelques dollars. Je rembourse toutes mes dettes. »

Il regardait l'argent en souriant.

« Je regrette que tu me doives pas la moitié de ce pognon. »

« Tout n'est pas à moi. Une bonne partie appartient au parti. Frais de voyage. »

« Oh. Tu donnes une party pour fêter ton départ ? »

« Pas ce genre de party. Je parle du Parti Communiste. »

« Tu veux dire les Russes ? »

« Appelle-les comme ça si ça te chante. Le Commissaire Demetriev me l'a fait parvenir. Pour mes frais de voyage. »

Ses yeux se sont agrandis. Il a sifflé et posé son torchon.

« Toi, communiste ? » Il a dit ça comme si communiste rimait avec Tunis.

Je me suis levé, je suis allé à la porte pour scruter la rue à droite et à gauche. Puis je suis retourné vers Jim en désignant l'arrière-boutique du menton.

J'ai chuchoté : « Quelqu'un dans le fond ? »

Il a secoué la tête. Je me suis assis. Nous nous sommes dévisagés en silence. Je me suis humecté les lèvres. Son regard allait et venait entre moi et la rue. Ses yeux étaient perplexes. Je me suis raclé la gorge.

« Sais-tu garder un secret ? Je crois que je peux avoir confiance en toi. Je peux ? »

Il a dégluti difficilement, puis s'est penché vers moi.

« Pas de panique », j'ai fait. « Oui. Je suis communiste. »

« Russe ? »

« En principe — oui. Donne-moi un chocolat au malt. »

Ça lui a fait l'effet d'un poignard enfoncé entre ses côtes. Il craignait manifestement de me quitter des yeux. Même quand il s'est retourné pour mettre le chocolat dans le mixer, il a regardé par-dessus son épaule. J'ai allumé une cigarette en pouffant.

« Nous sommes assez inoffensifs », j'ai dit en riant. « Oui, assez. »

Il n'a pas bronché.

J'ai bu le malt lentement, en m'arrêtant de temps à autre pour rigoler. Un petit rire joyeux et sans peur montait doucement de ma gorge.

« Oui, vraiment ! Nous sommes assez humains. Assez ! »

Il m'a considéré comme un pilleur de banque.

J'ai ri encore, gaiement, facilement, avec insouciance.

« Demetriev sera mis au courant. Dans mon prochain rapport je lui en parlerai. Ce vieux Demetriev rugira dans sa barbe noire. Comme il va rugir, ce vieux loup russe ! Mais vraiment — nous sommes assez inoffensifs

— assez. Je t'assure, assez. Franchement, Jim. Tu l'ignorais ? Dis-moi franchement. »

« Oui, je l'ignorais. »

J'ai encore gloussé.

« Mais enfin ! Tu devais certainement t'en douter ! »

Je me suis levé en lançant un rire plein de compassion.

« Et comment ! Le vieux Demetriev va être mis au parfum. Et il va rugir dans sa barbe noire, ce grand loup russe ! »

Je me suis arrêté devant le présentoir des magazines.

« Alors, quelles sont les lectures de la bourgeoisie ce soir ? »

Jim n'a pas bronché. Son hostilité le reliait à moi comme un câble tendu ; il astiquait ses verres avec fureur.

« Tu me dois une boisson », il a dit.

Je lui ai donné un billet de dix dollars.

Le tiroir-caisse a sonné. Il a sorti la monnaie et l'a plaquée violemment sur le comptoir.

« Voilà pour toi ! Tu veux autre chose ? »

J'ai ramassé la monnaie et laissé un quart de dollar. C'était mon pourboire habituel.

« Tu oublies une pièce », il a dit.

« Oh non ! » j'ai rétorqué en souriant. « C'est pour toi — mon pourboire. »

« J'en veux pas. Garde ton fric. »

Sans un mot, mais avec un sourire confiant, plein de réminiscences, j'ai empoché la pièce.

« Le vieux Demetriev — il va rugir comme un vieux loup noir. »

« Tu veux autre chose ? »

J'ai pris les cinq numéros d'*Artists and Models* disponibles sur le présentoir. Dès que je les ai touchés, j'ai compris pourquoi j'étais venu *Chez Jim* avec tout cet argent dans ma poche.

« Voilà, je prends ça. »

Il s'est penché au-dessus du comptoir.

« Combien en as-tu ? »

« Cinq. »

« Je peux t'en vendre seulement deux. Quelqu'un m'a retenu les trois autres. »

Je savais qu'il mentait.

« Alors va pour deux, Camarade. »

Quand je suis sorti dans la rue, j'ai senti son regard sur mon dos. J'ai traversé la cour de l'école. Il n'y avait pas de lumière aux fenêtres de notre appartement. Ah, encore les femmes. Voilà Bandini qui arrive avec ses femmes. Elles devaient être avec moi pour ma dernière soirée dans cette ville. Aussitôt j'ai ressenti ma vieille haine.

Non. Bandini ne succombera pas. Plus jamais !

J'ai roulé mes magazines et les ai lancés au loin. Ils ont atterri sur le trottoir, leurs feuilles ont voleté dans le brouillard, les sombres photos se sont dressées comme des fleurs noires. Je suis allé vers eux, puis me suis figé sur place. Non, Bandini ! Un surhomme ne faiblit pas. L'homme fort se soumet seulement à la tentation pour pouvoir y résister. Puis j'ai encore fait quelques pas vers eux. Courage, Bandini ! Bats-toi de toutes tes forces ! Avec l'énergie du désespoir je me suis détourné des magazines et j'ai marché droit vers l'appartement. A la porte, j'ai regardé derrière moi. Ils étaient invisibles dans le brouillard.

Des jambes tristes m'ont hissé le long des marches qui craquaient. J'ai ouvert la porte, et d'une main rageuse allumé la lumière. J'étais seul. La solitude me caressait, me cajolait. Non. Pas le dernier soir. Car ce soir je pars en conquérant.

Je me suis allongé. Ai sauté sur mes pieds. Allongé. Sauté sur mes pieds. J'ai marché de long en large, mon esprit battant la campagne. Dans la cuisine. Dans la chambre. Le placard à vêtements. Je suis allé à la porte et j'ai souri. J'ai marché vers le bureau, vers la fenêtre. Les femmes voletaient dans le brouillard. J'ai cherché dans la chambre. C'est ta dernière bataille. Tu es en train de la gagner. Continue de te battre.

Mais voilà que je me dirigeais vers la porte. Je descendais l'escalier. Tu perds ; lutte, surhomme ! Le brouillard murmurant m'a avalé. Pas ce soir, Bandini. N'imite pas le troupeau stupide et servile. Sois un héros au cœur du combat !

Mais voilà que je rentrais vers la maison, les magazines serrés dans mon poing. La mauviette rase les murs. Une fois encore il a succombé.

Voyez-le se glisser dans le brouillard avec ses femmes exsangues. Et toujours il se glissera par les interstices de la vie avec les femmes exsangues des revues et des livres. A la fin, on le trouvera au pays des rêves blancs, tâtonnant dans le brouillard de son propre esprit.

Une tragédie, monsieur. Une immense

tragédie. Une existence déliquescente, monsieur. Et le corps, monsieur. Nous l'avons découvert sur le front de mer. Oui, monsieur. Une balle dans le cœur, monsieur. Oui, un suicide. Qu'allons-nous faire du cadavre, monsieur ? Pour la Science — excellente idée, monsieur. L'Institut Rockefeller, ni plus ni moins. C'est sans doute ce qu'il aurait voulu, monsieur. Son ultime volonté. C'était un grand amoureux de la Science, monsieur — de la Science et des femmes exsangues.

Je me suis installé sur le divan et j'ai tourné les pages. Ah, les femmes, les femmes.

Brusquement, j'ai fait claquer mes doigts.

Idée !

J'ai jeté mes magazines et me suis précipité à la recherche d'un crayon. Un roman ! Un roman inédit ! Une idée formidable ! Bon Dieu, quelle idée ! Le premier avait échoué, d'accord. Mais pas celui-là. Je tenais une idée fantastique ! Dans mon roman à venir, Arthur Banning ne serait pas fabuleusement riche ; il serait fabuleusement pauvre ! Il ne sillonnerait pas le monde à bord de son yacht luxueux à la recherche de la femme de ses rêves. Non ! Ce serait exactement l'inverse : les femmes le chercheraient ! Ouah ! Quelle idée de génie ! La femme incarnerait le bonheur ; elle le symboliserait, et Arthur Banning symboliserait tous les hommes. Formidable !

Je me suis mis à écrire. Mais au bout de quelques minutes j'en ai eu assez. Je me suis changé et j'ai préparé ma valise. J'avais besoin d'aller ailleurs. Un grand écrivain a besoin de bouger. Quand j'ai eu fini ma valise, je me suis assis pour écrire un mot d'adieu à ma mère.

Chère Femme Qui M'A Donné La Vie,

Les vexations et les perturbations insupportables de cette soirée se sont subséquemment résolues en un état qui me précipite, moi, Arturo Bandini, vers une décision aussi gargantuesque que pantagruélique. Je vous en informe donc en termes décisifs. *Ergo*, je vous quitte sur l'heure, ainsi que votre charmante fille (ma sœur bien-aimée Mona) pour partir à la recherche des fabuleux usufruits de ma carrière naissante dans la plus profonde des solitudes. En d'autres termes, ce soir je pars pour la métropole orientale — notre Los Angeles, la cité des anges. Je vous confie à la générosité insigne de votre frère, Frank Scarpi, qui est, selon l'expression consacrée, un brave homme qui a le sens de la famille (sic !). Bien que sans le sou, je vous somme en termes catégoriques de mettre un terme à votre anxiété cérébrale relative à mon destin, car il repose véritablement entre les mains des dieux immortels. Au fil des ans, j'ai fait une lamentable découverte : vivre avec vous et Mona est totalement délétère et incompatible avec le but élevé et magnanime de l'Art, et je vous répète en termes catégoriques que je suis un artiste, un créateur indubitable. Et, *per se,* les éclairs du génie tâtonnant et de son intellect cérébral trouvent un terrain peu propice dans l'hégémonie débauchée et distordue que nous autres, pauvres mortels, et par manque d'une terminologie meilleure et plus concise, nommons foyer. En termes catégoriques je vous fais don de mon amour et de mes bénédictions, et je le jure sur ce que j'ai de plus cher, j'affirme en termes catégoriques que non seulement je vous pardonne toutes les tristes atrocités de cette soirée, mais aussi celles de toutes les autres. *Ergo,* j'espère en termes catégoriques que vous aurez l'amabilité de me rendre la pareille. Puis-je dire, en conclusion, que je vous suis très reconnaissant, ô femme qui as insufflé le souffle de la vie dans mon cerveau et mon destin ? Car, en vérité, je le pense.

Arturo Gabriel BANDINI.

Ma valise à la main, j'ai marché jusqu'à la gare. Il y avait dix minutes d'attente avant l'arrivée du train de minuit pour Los Angeles. Je me suis assis et j'ai réfléchi à mon prochain roman.

Achevé d'imprimer en avril 1987
sur presse CAMERON,
dans les ateliers de la S.E.P.C.
à Saint-Amand-Montrond (Cher)
pour le compte des Éditions Bourgois

N° d'édition : 767. N° d'impression : 745.
Dépôt légal : mars 1987.